目次

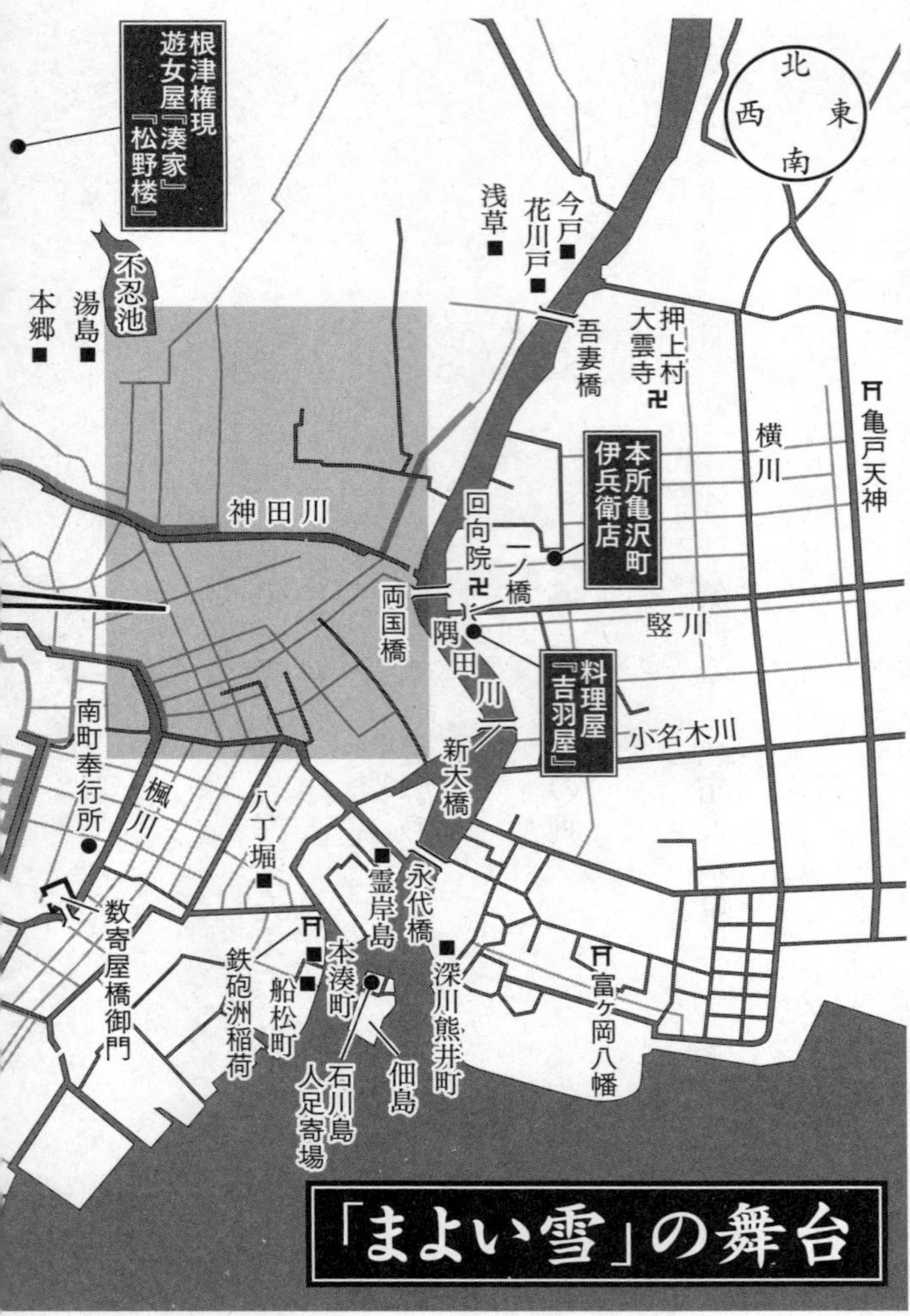

北
西
東
南
根津権現
遊女屋『湊家』
『松野楼』
不忍池
本郷
湯島
浅草
今戸
花川戸
吾妻橋
押上村
大雲寺
亀戸天神
横川
本所亀沢町
伊兵衛店
回向院
一ノ橋
神田川
両国橋
隅田川
竪川
料理屋
『吉羽屋』
小名木川
新大橋
南町奉行所
楓川
八丁堀
霊岸島
永代橋
深川熊井町
富ヶ岡八幡
数寄屋橋御門
鉄砲洲稲荷
船松町
本湊町
石川島
人足寄場
佃島

「まよい雪」の舞台

下谷・神田界隈
不忍池
池之端
下谷広小路
上野新黒門町
薬種屋『金峰堂』
御成道
御徒町
三味線堀
浅草福井町
道具屋『小金屋』
佐久間町
新シ橋
左衛門河岸
柳原通り
筋違橋
須田町
神田鍋町
呉服屋『加賀屋』
柳橋
馬喰町
横山町
両国広小路
江戸城
竪大工町
神田多町
荒物屋『福田屋』
小伝馬町
牢屋敷
通旅籠町
本石町
大伝馬町
室町
伊勢町堀
本町一丁目
質屋兼両替商
『赤木屋』
一石橋
日本橋
江戸橋
小網町

第一章　帰って来たふたり

一

西陽が射している。田畑の水がきらきら光っている。木々は葉を落としているが、まだ厳しい寒さはない。北国で七度の冬を過ごした鉄次《てつじ》にはこの程度の寒さはどうってことなかった。

長岡《ながおか》、湯沢《ゆざわ》、渋川《しぶかわ》、高崎《たかさき》と道中をし、ようやく板橋《いたばし》宿が見えてきた。

「江戸だ。とうとう、帰ってきたんだ」

鉄次は声を震わせた。

「ああ、江戸だ」

弥八《やはち》も感慨深そうに言う。

鉄次は胸の底から突き上げてくるものがあった。七年振りだが、鉄次には二十年にも三十年にも感じられる長い時間だった。

「どうする？」

弥八がきいたのは今夜板橋宿で泊まりかということだろう。江戸四宿のひとつ中山道《なかせんどう》の起点となる宿である板橋には百名を超す宿場女郎《じょろう》がいて、近在の男たちも遊びにきて賑《にぎ》わいを見せている。

「いや、俺はこのままま っすぐ行く。一刻《いっとき》（二時間）もすれば着くだろうから」

鉄次が目指すのは本所亀沢町《ほんじょかめざわちょう》だ。

「そうだな」

「弥八さんは遊んで行けよ」

「いや。そんな気にはなれねえ」

弥八がふと憂鬱《ゆううつ》そうな表情を見せた。

弥八は筋骨たくましく、色は浅黒い。頬《ほお》がこけて、三十半《なか》ばぐらいに見えるが、もう少し若いかもしれない。鉄次は二十八になるが、小柄《こがら》で細身だった。

「じゃあ、このまま行こう」

鉄次はそのまま歩《ほ》を進めた。

「ああ」

鉄次は不思議《ふしぎ》だった。道中、弥八とずっといっしょだったが、ふと見せる暗い表情が気になった。

江戸に帰れる喜びよりももっと心を塞《ふさ》ぐような何かが江戸で待っているのだろう。

「弥八さん。今夜、泊まるところはあるのか」

「なあに、どうにかなるさ」

ふたりは客引きを振り払いながら板橋宿を素通りした。

本郷《ほんごう》通りから筋違橋《すじかいばし》を渡り、柳原《やなぎわら》通りに入った頃にはすっかり暗くなっていた。

浅草御門《あさくさごもん》が左手に現われてきて、弥八が立ち止まった。

「鉄次。ここで別れよう」

「そうか。なんだか、寂《さび》しいな」

十日以上もいっしょに旅をしてきたのだ。

「もう会えないのか」

鉄次は寂しそうに言う。

「お互い、会わないほうがいいだろう」

弥八は左腕に目をやった。

「わかった」

弥八の気持ちが伝わった。

「じゃあ、達者でな」

「弥八さんも」

鉄次は寂しくなった。

「行け」

「俺は亀沢町の伊兵衛店《いへえだな》にいる。もし、気が向いたら訪ねてきてくれ」

「わかった。さあ、行け」

「弥八さんこそ行ってくれ」

「俺が見送ってやる」

「じゃあ、同時にそれぞれの道を行こう」

「そうするか」

弥八は笑った。

「じゃあ」

弥八は馬喰町《ばくろちょう》のほうに歩き、鉄次は両国橋《りょうごくばし》に足を向けた。

途中、振り返ると、弥八がこっちを見ていた。鉄次は手を振った。弥八も手を振り、再び歩きだした。その姿はどこか元気がなかった。

宿で、弥八は夜中にうなされていたことが何度かあった。そして、ときおり、辛《つら》そうな顔をすることがあった。

わけを言おうとしなかったが、重たいものを抱《かか》えているらしいことが察せられた。弥八は上州無宿《じょうしゅうむしゅく》だというから江戸に身内はいない。それでも十八のときから江戸で暮らしていたのだ。知り合いはいると思うが……。

弥八が馬喰町の町に消えたのを確かめてから、鉄次は改めて両国広小路《ひろこうじ》に向かった。

両国橋を渡る。掛け小屋も片付き、人出も少なくなったが、昼間の賑わいの名残《なごり》は見られた。

橋の真ん中までやってきて、覚えず声を上げそうになった。懐かしい本所の町並みが暗い中に広がっていた。点々と見える家々の明かりに温《ぬく》もりを覚える。

鉄次は足を急がせた。気が逸《はや》る。おきみにやっと会えるのだ。

この七年、鉄次は地獄《じごく》のような暮らしをしてきた。自業自得《じごうじとく》といえば、それきりだが、その報《むく》いにしては大きいものだった。

だが、鉄次は耐えた。過酷《かこく》な労働に歯を食いしばって立ち向かえたのもまっとうに働けば江戸に帰れるという望みがあったからだ。

やっとその日がきた。

橋を渡り、回向院《えこういん》前を過ぎ、鉄次は亀沢町にやってきた。小商《こあきな》いの店が並ぶ町並みも七年前と変わらない。

懐かしい長屋の木戸が目に飛び込んだ。歩きどおしで、汗と埃《ほこり》まみれの姿に躊躇《ちゅうちょ》をしたが、おきみに会える喜びのほうが勝った。

鉄次は木戸をくぐり、路地を入った。そして、おきみの家の前にやって来た。

おきみは当時まだ十四、五歳だった。大きくなったら鉄次さんのお嫁さんになるの。それがおきみの口癖《くちぐせ》だった。

ちっ、まだ子どものくせしやがって。そのとき、鉄次は十九歳だった。おきみは目がくるりとして愛くるしい娘だった。

「鉄次。おきみはおめえの嫁になる気でいるんだ。あんないい娘はいねえ。おきみを泣かすような真似《まね》をするんじゃねえぜ」

祖父の富松《とみまつ》がしょっちゅう口にする。

「なんでえ、あんなしょんべえくせえ女」

鉄次は悪態をついたが、照れ隠しだった。鉄次も満更《まんざら》ではなかった。いずれおきみを嫁にし、富松にも孝行してやる。そう心に決めていたのだ。

早くに二親《ふたおや》を亡《な》くした鉄次を、富松は夜鳴きそば屋をやりながら育てたのだ。鉄次は近所の下駄《げた》屋に住み込みで奉公をした。家が近いし、年寄り夫婦がやっている店なので、ときどき富松の様子を見に長屋に帰ることもできた。

給金は少なかったが、主人夫婦には子どもがなく、いずれ鉄次が店を継ぐような話になっていた。

そして、二十一歳のとき、今年中に店を鉄次に任せ、主人夫婦は隠居することになった。それを契機に、鉄次はおきみと所帯を持つことになった。

だが、突然不幸が襲いかかった。子どもがいないはずの主人夫婦のもとに、家出をしていた伜《せがれ》というのが帰って来たのだ。そして、事態は急転した。

「鉄次。堪忍《かんにん》してくれ。店は伜に譲《ゆず》ることにした」

二十年振りに帰って来た伜は店を継ぐと言ったらしい。こうなると、一時は親を見捨てた親不孝者であっても、我が子が可愛《かわい》いのだ。

鉄次は主人夫婦を責めることはできなかった。泣く泣く下駄屋を去り、とりあえず棒手振《ぼてふ》りの行商をやり、再起を図《はか》ることにした。

ところが、その下駄屋の伜の徳三《とくぞう》はとんでもない奴だった。継いだ店を、別の人間に売り払ってしまったのだ。そして、主人夫婦はおんぼろ長屋に放りこまれた。

それを知った鉄次は盛り場で遊んでいる徳三に話し合いに行った。だが、徳三と喧《けん》嘩《か》になり、怪我《けが》をさせてしまった。

鉄次は江戸十里四方所払いの刑を受けた。だが、鉄次には同情の余地があるというので、おかみの恩情により、いずれ許されるという含みがあった。

江戸追放であっても抜け道があり、そこに住むことは出来ないが、旅の途中なら通過してもよいことになっている。

普段は藤沢《ふじさわ》で暮らしていたが、鉄次は旅姿で、ときたま富松やおきみに会いにきていた。だが、さらなる不運が鉄次を襲ったのだ。

鉄次は無宿人狩りに遭《あ》ったのだ。

いきなり、おきみの家の腰高障子《こしだかしょうじ》が開き、見知らぬ中年の女が顔を出した。

「なんだい、おまえさんは？」

女は顔を強張《こわば》らせた。

「へえ、鉄次と申します。おきみさん、いらっしゃいますか」

「そんなひと、知らないよ」

「えっ？」

てっきり、おきみの二親の知り合いなのかと思っていたので、鉄次はあわてた。

「こちら、おきみさんのおうちでは？」

「違いますよ。なんですか、こんな夜に」

「どうしたんだ？」

奥から男の声がした。

「へんなひとがやって来たんだよ」

「なんだと」

職人体《てい》の男が出て来た。

「やい、なんでえ、てめえは？　怪《あや》しい奴め」

鉄次の風体を見て、男は顔をしかめた。

「待ってくれ。俺はここに住んでいたおきみって女を訪ねてきたんだ」

隣から住人が顔を出した。かつて、鉄次が富松と住んでいたところだ。祖父の富松は三年前に亡くなったと聞いている。

「どうした？」

「こいつが何か因縁《いんねん》をつけにきた」

「違う。そんなんじゃねえ。そうだ、大家さんを呼んでくれ」

鉄次は訴えた。

向かいからも住人が顔を出した。

「どうしたえ」

「あっ、武助《たけすけ》さん」

大工《だいく》の武助だ。

「ご無沙汰《ぶさた》してます。富松の孫の鉄次です」

「なに、鉄次……」

暗がりの中で、武助はまじまじと鉄次の顔を見た。

「やっ、鉄次だ」

「武《たけ》さん、知っているのかえ」

中年の女が不思議そうにきいた。

「ああ、昔、ここに住んでいた鉄次だ」

「あら、そう」

「武助さん、おきみはいつ引っ越したんですかえ。どこに行ったか知りませんか」

「ちょっと待て。大家さんのところに行こう」

武助は言い、他の住人に向かって、

「騒がせたな。心配いらねえ。あとは大家さんに任せる」

と言い、木戸口に向かった。

鉄次には一抹《いちまつ》の不安があった。鉄次さんが帰って来るのを必ず待っています。おきみはそう言ったが、七年も経っているのだ。おきみはもう嫁に行ったのかもしれない。

いや、そうに違いない。もし、待っていてくれるなら、ここで暮らしているはずだ。

大家の家の裏口の戸を開け、

「大家さん」

と、武助は声をかけた。

「武助じゃないか。なんだ、こんな時間に」

頭髪の薄い大家が出て来て言う。

「へい、すみません。じつは、鉄次が帰って来たんでえ」

「鉄次？」

「富松さんの孫の」

「なに、あの鉄次が……」

大家は戸口に目をやった。

「鉄次。入れ」

武助が土間に引き入れる。

「へえ」

鉄次は中に入った。

「大家さん、お久し振りでございます」

「おお、鉄次か。帰って来たのか」

「信じられないというように、大家は目をいっぱいに見開いた。無宿人狩りに遭って佐渡《さど》に連れていかれたことを、大家は当然知っている。

「はい。おかげさまで」

「そうか。よく、帰れたものだ」

一瞬、広がった笑みを消して、大家は暗い顔をした。

おやっと思いながら、大家の顔を見入る。だいぶ顔に皺《しわ》が出来て、七年の歳月を思わせた。

「まあ、上がれ。武助もどうだ？」

「いえ、あっしは嬶《かかあ》が待ってますから。あとはお願いします」

「うむ」

武助が引き上げると、大家は溜《た》め息をついた。その溜め息が気になった。

鉄次は小部屋に通された。

「鉄次さん。お元気そうで」

大家のかみさんが茶をいれてくれた。

「へえ。おかみさんも御達者で」

「あちこち、がたがきてますけどね。じゃあ」

逃げるように、かみさんも部屋を出て行った。

「富松さんは最期までおまえのことを気にしていたぜ」

「へえ。死に水をとってやれねえで断腸の思いでございます。大家さんはじめ、長屋のひとたちにはお世話になりました」

「うむ。墓は押上《おしあげ》村の大雲寺《だいうんじ》だ。さっそく墓参りをしてやるといい」

「はい。そうさせていただきます」

「うむ。そうしろ」

「大家さん。おきみは引っ越して行ったんですかえ」

「じつはな、おきみの父親と母親も三年前に亡くなった」

「えっ、ふたりとも？」

「そうだ。富松さんのお弔《とむら》いを出して、そう日が経たないうちに父親だ。それから、半年後に母親だ」

「そうだったんですか。おきみもさぞかし悲嘆に暮れたことでしょうね」

「ふたりの墓も大雲寺だ。三人、仲良く入っている」

大家はしんみり言う。

「で、おきみは今どちらに？」

「おきみか」

大家は眉根《まゆね》を寄せた。

「大家さん。おきみに何かあったんですかえ」

「五年前の春先だ。冬が終わったっていうのに、雪が降ってな。前の日まで暖かかったのに急に真冬に逆戻りだ。おきみの父親は朝方、井戸端で倒れていた。幸い、発見が早く、命はとりとめたが……」

大家は息を継いだ。

「寝たきりになっちまった。母親も病気持ちだ。薬代やらなにやらの工面におきみは料理屋で働き出したが、病人がふたりもいたんじゃ追いつかねえ。で、借金が嵩《かさ》んだあげく、とうとうにっちもさっちもいかなくなって」

鉄次は膝《ひざ》ががくがくと震えだしていた。

「ひょっとして、おきみは身を……」

「『吉羽屋《よしばや》』の女将《おかみ》が世話をしたそうだ」

「一つ目弁天《ひとつめべんてん》の前にある料理屋の女将さんか」

「そうだ」

おきみは苦界《くがい》に身を沈めた。その事実が激しい衝撃となって胸を突いた。鉄次は息苦しくなった。

「で、今どこに？」

「どうするんだ？」

「えっ？」

「おきみが働いている場所をきいてどうするというのだ？　まさか、客として行くのか」

「それは……」

深くは考えていない。ただ、おきみに会いたいだけだ。

「いいか。おまえが会いに行ったら、おきみを余計に苦しませるだけだ。そうは思わねえか」

「でも……」

「つべこべ言うな。女衒《ぜげん》に連れられて長屋を去るとき、おきみは私にこう言った。鉄次さんには知らせないでくれと」

「おきみ……」

鉄次は思わず嗚咽《おえつ》を漏《も》らした。

「鉄次。辛いだろうが、おきみのことは忘れるのだ。新しくやり直せ」

「そんな簡単には忘れられっこありません。地獄のような暮らしの中で生きてこれたのも、おきみがいてくれたからだ。一日たりとも、おきみのことを思いださなかった日はないんです」

「わかる。おまえの気持ちは痛いほどわかる。だが、どうしようもないんだ。おまえも辛かろうが、おきみだってもっと辛いのだ」

「いや。俺は働いて働いて、おきみを身請《みう》けする」

どんなに汚い金でも必死に稼いで、おきみを苦界から救う。鉄次はそう思った。

二

鉄次と別れたあと、弥八は予定を変えて、馬喰町にある旅籠《はたご》に入った。少し高そうだったが、奮発《ふんぱつ》した。

足を濯《すす》ぎ、女中の案内で二階の部屋に入る。六畳ほどの何もない部屋だ。

「こんな時間ですから夕餉《ゆうげ》の支度《したく》は出来ませんけど」

肥《ふと》った女中が言う。

「わかっている。酒はあるか」

「はい。つまみに何かお持ちしますか」

「ああ、頼む」

「お風呂はいかがなさいますか」

「風呂があるのか」

「はい。ございます」

なるほど、その分宿代も高いのだろう。

「じゃあ、その前に風呂に入ろう」

「空いているかどうか見てきます」

女中は下がった。

弥八は晒《さらし》の中から巾着《きんちゃく》を取り出し、中を確かめる。十両入っていたが、この道中で、七両に減っている。

女中がやって来た。

「お客さん。今、空いています」

「わかった。あっ、姉さん、少ないがとっといてくれ」

「あら、すみません」

「それから、これ預かってもらいてえ」

「はい」

小判の重みに、女中は目を見開いた。

「頼んだぜ」

「はい。じゃあ、ご案内します」

弥八は浴衣《ゆかた》と手拭《てぬぐ》いを持って女中のあとに従い、階下に行った。

帳場《ちょうば》の前で、

「ちょっとお待ちください」

と、中に引っ込んだ。

「あとで、預かり証をお渡しいたします」

出てきて、女中が言う。

「そこから庭に出てください」

女中に言われたとおり、勝手口から下駄を履《は》いて外に出る。母屋《おもや》から少し離れたところに小屋があった。外に風呂番の男がいた。

「いただくよ」

「へい、ごゆるりと」

小屋の戸を開け、中に入る。弥八は着物を脱《ぬ》いだ。左腕の包帯をとる。入れ墨《ずみ》に手をやってから、五右衛門《ごえもん》風呂に入った。

旅の疲れがとれるようだが、屈託《くったく》は消えることはない。何度も溜め息が出る。

このまま逃げることも出来る。用心すれば捕まることはない。そういう誘惑に駆《か》られるが、そんな真似は出来ない。

そんなことをしたら、時助《ときすけ》は助からない。時助を見殺しには出来ねえと、湯を顔にかけた。

時助とは十年以上の付き合いだ。最初の出会いは、本所にある旗本屋敷の中間部《ちゅうげん》屋で開かれている賭場《とば》だった。

弥八は負けが込んで金をすべて失った。憤然《ふんぜん》として、盆茣蓙《ぼんござ》の前から逃げるように戸口に向かいかけたとき、

「兄さん、からっけつかえ」

と、にやにやして声をかけてきた男がいた。

「なんでえ、俺に何か用か」

弥八は不機嫌な声できき返した。

「負けるときもあれば勝つときもあらあな。どうだえ、少しまわそうか」

「なに？」

からかっているのかと思ったが、男は木札を握《にぎ》っていた。

「俺はきょうはついているんだ。ちょっと疲れた。向こうで休んでいるから、これで張ってきてくれ」

妙な野郎だと思った。

「俺はついてねえんだ。それでもいいのか」

「いいってことよ。やってきな」

そう言って男は木札を寄越《よこ》した。

木札をもらい、盆茣蓙の前に座り、改めて張っていく。面白いように勝ちが転がり込んだ。

賭場をあとにして、亀戸《かめいど》天神《てんじん》の裏にある怪しげな呑《の》み屋で祝杯を挙げた。

その男が時助だった。色白で、細面《ほそおもて》のせいか、女のような優男《やさおとこ》だ。ちょっと恥ずかしそうに下から掬《すく》いあげるようにしてひとの顔を見る。

「いいのか、もらって」

時助に儲《もう》けの半分を寄越した。

「おめえが勝ったぶんじゃねえか」

「だが、元手はおめえの金だぜ」

「そんなこと、関係ねえ。遠慮せず、とっておいてくれ」

「それにしても、どうして俺なんかに木札を貸してくれたんだえ」

「なんだか、おめえとははじめて会ったような気がしなくてな。昔からの友が困っていると思って」

時助ははにかむように言った。

それから十数年、ふたりは兄弟以上の付き合いを続けてきた。

「お客さん、お加減はいかがですかえ。ぬるいようでしたらおっしゃってくださいな」

外から声がする。

「ちょうどいい。ありがとうよ」

いまその時助の運命が俺の行動にかかっているのだ。時助を助けなければならねえ。それが出来るのは俺だけだ。

だが、その代償は……。

逆上《のぼ》せてきて、弥八は立ち上がった。

部屋に戻ると、食膳が用意されていた。鰻《うなぎ》の蒲焼《かばやき》や和《あ》え物、煮物などが並んでいる。

手拭いをかけていると、女中が酒を持ってやって来た。

「お客さん、特別に夕餉の支度をさせてもらいました」

「そうかえ、すまなかったな」

あの大金を預けたのがきいたようだ。

「思いがけずに風呂にも入れて、いい宿に入ったぜ」

膳の前に座る。

「さあ、どうぞ」

女中が銚子《ちょうし》を向けた。

「すまねえ」

弥八は猪口《ちょこ》を差し出す。

「お客さん、どちらからですかえ」

「俺は上州だ」

「江戸には？」

「七年前までしばらく住んでいたことがある」

「そうですか。やっぱり、郡代《ぐんだい》屋敷にですか」

近くに郡代屋敷があり、公事《くじ》のためにやって来たものと思ったようだ。最近は、一般の旅人も泊まるようになったが、以前は旅籠といえば公事宿だった。

「いや、違う。昔、世話になったひとに会いに来たのだ。姉さん、いいのかえ、こんなところで油を売っていて」

「少しぐらいなら構いませんよ」

やはり、過分な心付けがきいているようだ。

「じゃあ、姉さんも呑むか」

「いいんですかえ。じゃあ、いっぱいだけ」

猪口を女中に渡し、酒を注《つ》いでやる。

「すみません」

いっきに喉《のど》に流し込む。

「いける口だな」

「いいえ、ほんの少々ですよ」

そう言いながら、何杯か空けた。

「あら、すみません。私ひとりで呑んでしまったようで」

「そんなことはない。もう一本つけてもらおうか」

「はい」

女中は空になった銚子を持って部屋を出て行った。

鉄次は好きな女子《おなご》と再会出来ただろうか。道中、さんざんきかされた。娘は鉄次に惚《ほ》れていて、いつまでも待っていると約束したらしい。

女がそんなに待っているだろうかと気になったが、口には出さなかった。

障子が開いて、女中が戻ってきた。

「はい。どうぞ」

「すまねえ」

新しい酒を注いでもらう。

「姉さん、つかぬことをきくが、南町の青柳剣一郎《あおやぎけんいちろう》さまを知っているかえ」

ふと気になっていた男を思いだした。

「青痣《あおあざ》与力を知らないのは、江戸の人間じゃありませんよ」

女中はあっさり言う。

「じゃあ、今も活躍しているのか」

「活躍しているも何も、私たちがこうして平穏《へいおん》に暮らせるのも青柳さまが守ってくださっているからだと江戸の人間ならみなそう思っていますよ」

「そうか、達者なのか」

弥八は感慨深く言う。

「あら、お客さん。青痣与力を知っていなさるんだね」

「ああ、十二、三年前に、ちょっと関わったことがある」

青柳剣一郎は若いとき、押込み犯の中に単身で乗りこみ、賊《ぞく》を全員退治した。そのとき頬に受けた傷が青痣として残った。だが、江戸の人間はその勇気を讃《たた》え、いつしか青痣与力と呼ぶようになったのだ。

その青痣与力に、弥八と時助は助けられたことがあった。仲間に誘われ押込みに加わったものの、すべて計画は見抜かれていて、狙《ねら》った商家に押し込んだとたん、捕方《とりかた》に囲まれた。弥八と時助はすぐに逃げたが、青痣与力に立ちふさがれた。

ふたりはあっさり観念した。無理やり誘われたのだ。本気で押し込むつもりはなかったと泣きながら訴えた。そのとき、青痣与力が言ったことは今でも胸に残っている。

「信じよう」

そう言ってくれたのだ。信じる？　ほんとうに俺たちみたいな半端な無宿者の言葉を信じてくれるのか。弥八は半信半疑《はんしんはんぎ》だった。

「信じる。ただ、誤解されるような真似《まね》は二度とするな。何かあったなら、いつでも来い。相談に乗る。さあ、行け」

そう言って、青痣与力はふたりを見逃してくれた。捕まった仲間はおかしらはじめ三人が死罪になり、あとは遠島《えんとう》になった。

もし、捕まっていたらふたりとも遠島になっていただろう。だが、助けてもらったこと以上に、信じてもらえたことがうれしかったのだ。青痣与力が俺たちの言葉を信じてくれた。

それは大きな支えになった。

「お客さん、どうかしたんですか」

弥八ははっと我に返った。女中が不思議そうに見ていた。

「ああ、ちょっと昔のことを思いだしていたんだ」

銚子を空けてから、

「ご飯になさいますか」

「うむ、そうしよう」

女中がお櫃《ひつ》から飯をよそってくれた。

飯を食い終わり、女中はふとんを敷いてくれた。

「じゃあ、おやすみなさいませ」

女中が下がった。

弥八はふとんに入った。

天井板の節穴を見つめながら時助のことを思った。俺に与えられた時間は全部でひと月だ。あと二十日あまり。

「弥八。そんなことをするな。そうまでして、俺は助かろうとは思わねえ」

「なに言うんだ。俺たちは死ぬときはいっしょだと誓《ちか》ったんだ。俺はやるぜ」

時助と、覚えず声を発した。

さっき、ふいに青痣与力のことを思いだしたのは何だったのだろうか。青痣与力に助けを求めようとしているのか。

何かあったら、相談に来いと言ってくれた。だが、十年以上も前のことだ。俺たちのことを覚えているはずはない。

それに、今度ばかりはいくら青痣与力の力をもってしてもどうにかなるものではない。弥八は歯噛《はが》みをした。

体は疲れているのに頭が冴《さ》えてなかなか寝つけなかったが、いつしか弥八は眠りに落ちていた。

目を覚ましたとき、すっかり陽は上がっていた。

ふとんを上げにきた女中が、

「一度、声をおかけしたのですが、よくお休みのようでした」

と、笑った。

「ああ、ぐっすり眠ったよ」

「よござんした」

朝餉を食べ終えてから、

「姉さん、勘定《かんじょう》をしてもらおうか」

と言い、弥八はすぐに着替えをはじめた。

亭主と女中に見送られて、弥八は旅籠を出た。通りは、商人や職人、侍や僧侶、棒手振りなども通り、荷を積んだ馬や大八車《だいはちぐるま》も行き交う。

十数年前の風景と変わらないように思えるが、店はだいぶ変わっているのかもしれない。地獄のようなところで長い間過ごした目には夢のような町並みに映る。

小伝馬町《こでんまちょう》を過ぎ、本町《ほんちょう》一丁目に足を向ける。さらに人通りが多く、賑やかだ。呉服屋や紙問屋などの大きな店が軒《のき》を連ねている。

本町一丁目に入り、質屋兼両替商の『赤木屋《あかぎや》』がすぐに目に飛び込んだ。店の前まで行き、弥八は大きく深呼吸をした。

店先にいる手代ふうの男に声をかけた。

「恐れ入ります。あっしは弥助《やすけ》と申します。番頭の喜太郎《きたろう》さんを訪ねてきたのですが」

弥八は言われたとおりの名を告げた。

「番頭さん？」

手代は胡乱《うろん》な目で弥八の顔を見てから、

「少々、お待ちなさいな」

と言い、店に入って行った。

すぐに手代が出てきて、

「裏にまわってくださいとのことです」

と、裏に行く路地まで案内してくれた。

教えられたとおり、塀沿いに裏へ行くと、裏口があった。

戸に手をかけたが、閉まっている。困惑していると、ふいに戸が開いた。女中らしい若い女が顔を出した。

「弥助さんですか。どうぞ」

「へい」

弥八は裏口を入った。

かなり大きな庭だ。女中のあとに従い、土蔵の横にある小屋に向かった。外の喧騒は届かず、山奥にいるような静けさだ。

小屋の戸を開けて、

「こちらでお待ちくださいとのことです」

と言い、女中は引き上げて行った。

四畳半ぐらいの広さの部屋があった。板の間に茣蓙が敷いてあり、枕屏風《まくらびょうぶ》の陰にふとんが重ねられていた。

すきま風が入り、寒い。顔をしかめたが、ここに長くいるわけではない。諦めたように、部屋に上がった。

しばらくして、さっきの女中が炭を熾《おこ》して持ってきてくれた。

「すまない」

「いえ」

火鉢《ひばち》に炭をくべた。

女中が引き上げて、弥八はひとりになった。

ふいにあの男の声が蘇《よみがえ》る。

「いいか。『赤木屋』に着いたら、なんでも番頭の喜太郎の指示に従え」

部屋の中を見回す。剝《は》げた茶簞笥《ちゃだんす》は前に住んでいた下男が使っていたのか。湯呑みも置いてある。

外でひとの気配がした。戸が開いて、三十半《なか》ばぐらいの渋《しぶ》い感じの男が現れた。喜太郎だろう。弥八は居住まいを正した。

喜太郎は部屋に上がり、弥八の前に腰を下ろした。

「喜太郎だ。弥八さんだね。いや、ここでは、弥助さんだ。待っていたよ。ごくろう」

穏《おだ》やかな口調だが、眼光は鋭《するど》い。

「へい」

「何をすべきかわかっているね」

「へい、承知しています」

喜太郎の目が弥八の左腕を見た。

弥八は覚えず手を引っ込めた。

「そうですか」

喜太郎はにこりと笑ってから、

「まだ、やってもらうまでには間がある。それまで、怪しまれないように下男として働いてもらう。仕事はさっきの女中が指示をする。おつねだ。いいね」

「わかりました」

「じゃあ、頼みましたよ」

喜太郎は立ち上がった。引き上げて行く背中を見つめながら、弥八は袋小路《ふくろこうじ》に追い詰められたような絶望感に襲われた。

三

その日の昼過ぎ、鉄次は押上村の大雲寺にやって来た。空っ風が吹きつける。

富松の墓は朽《く》ちかけた木の墓標が立っているだけだ。

「じいちゃん。寂《さび》しかったろうな」

鉄次は手を合わせる。

おきみと三人で暮らすのを楽しみにしていたのに、と鉄次は胸をかきむしりたくなった。自業自得とはいえ、あまりにも酷《ひど》い仕打ちだぜ、おきみが苦界に身を沈めちまっているんだとさ。

鉄次は富松に訴える。

「じいちゃん。俺はなんとしてでもおきみを苦界から助け出す。俺を守ってくれ」

線香の煙《けむり》が激しく真横になびいている。

「また来るからな。いつか、きっと立派な墓を建ててやる。それまで待っててくれ」

鉄次は立ち上がった。

それから、並びにあるおきみの二親の墓にも手を合わせた。

「おきみのことは心配しないでくれ。俺が助け出す」

おきみの二親にも、鉄次は誓った。

寺を出てから、鉄次は四つ目通りを竪川《たてかわ》に出て、一《いち》ノ橋《はし》の袂《たもと》にある一つ目弁天を目指した。

おきみが働いていた『吉羽屋』は中ぐらいの大きさの料理屋だ。

昼前で、まだ店は開いていなかった。庭を掃除していた下働きの男に声をかけ、女将への取り次ぎを頼んだ。

「おまえさんは？」

男は別に怪しんできいたわけではないようだ。

「以前、ここで働いていたおきみの知り合いの鉄次というもんです」

「そう。ちょっと待ってな」

男は勝手口のほうに向かった。

しばらくして、玄関から小肥りの女が出て来た。

「おきみの知り合いというのはおまえさんかえ」

「へい。鉄次と言います」

「おきみとはどんな関係？」

「所帯を持つことになってました。ところが、あっしがばかなばかりに……」

呻《うめ》くように言ってから、

「七年振りに江戸に帰ったら様子が一変していました。おきみが苦界に身を落としたときいて胸が張り裂《はさ》けそうでございます。おきみがいまどこにいるのか教えていただけませんか」

「おきみに会ってどうしようって言うんだえ」

「………」

女将は大家と同じことを言う。

「会ったってお互いが辛くなるだけじゃないか。もう三年も経っているんだ。泥水を呑んで一年も経てばすっかり馴染《なじ》んでしまうものさ。もう、昔のおきみじゃないよ」

「おきみに限って……」

そんなことはないと言おうとしたが声にならない。

「女将さん。一目でも会いたいんです。お願いします。どこに勤めに出たのか教えてください」

鉄次は懇願した。

「かえって傷つくだけだと思うよ」

「それでも会いたいんです。会わずに後悔するより、会って後悔するほうがましです」

「そうかい。そんなに言うなら教えてやるよ。でも、お見世《みせ》の名前までは聞いちゃいないんだ。ただ、場所は根津権現《ねづごんげん》前だよ」

「根津権現……」

鉄次は目を細めた。

「お客さんにそっちの遊廓《ゆうかく》に顔のきくひとがいてね。そのひとに頼んであげたのさ。上玉《じょうだま》だと喜んでいたから、上等の見世に違いないわ」

聞くに堪《た》えなかった。

「わかりやした。ありがとうございました」

「待って。よく考えてから会うようにね」

背中に、女将の助言をきいて、鉄次は料理屋の門を出て行った。

おきみは根津遊廓にいる。鉄次は目眩《めまい》を覚えながら、両国橋を渡っていた。

半刻（一時間）後、鉄次は根津権現前にやって来た。

音羽町《おとわちょう》の護国寺《ごこくじ》前と根津権現の前は、五代将軍綱吉《つなよし》の生母桂昌院《けいしょういん》の意向によって遊廓が置かれたので、他の岡場所と違って警動には遭わず、繁昌《はんじょう》してきた。

南にある惣門《そうもん》を入ると、両側に妓楼《ぎろう》が建ち並んでいる。紅殻格子《べにがらごうし》の派手な建物だ。張見世で、女たちが格子の中にいる。

最初の見世の格子の中を覗《のぞ》いた。白粉《おしろい》を塗り、きれいに着飾った女たちが色目を使ってくる。

急に、鉄次は怖じけづいた。こんな場所で三年もいるのだ。『吉羽屋』の女将が言ったように、おきみはその水に馴染み、すっかりひとが違っているかもしれない。

そう思うとおきみに会うのが怖くなった。

それに、会ったところで、どうにかなるものではない。かえって苦しむだけかもしれない。

鉄次は逃げるようにその場を離れた。

身を屈《かが》めて歩いていると、

「兄さん。遊んでいかないかえ」

と、歳は食っているが小粋《こいき》な感じの男が声をかけてきた。客引きである。

「いや」

と手を振りかけたが、ふと思いついて、

「きてえ。どういう名前で出ているかわからねえが、おきみという女だ。二十三、四。いい女だ。心当たりないか」

と、きいた。

「それだけじゃわからねえな」

男は小首を傾《かし》げた。

「その女、兄さんと何かえ」

男は意味ありげにきく。

「許嫁《いいなずけ》だった」

「そうかえ。まあ、よくある話だ」

「金さえあれば、うまくいくが、金がないばかりに引き裂かれる男と女なんて珍しくもねえ。現に俺もそうだ」

「そうか、よくある話か」

「えっ、おまえさんも？」

「そうよ。俺の女はここで奉公した。だから、俺もここで働くようになった」

「好きな女が毎晩違う男に抱かれているんじゃねえか。辛くはないのか」

鉄次は唖然《あぜん》としてきく。

「そりゃ五体を引き裂かれるような痛みだ。狂いそうになるほどだった。それでも、そばにいたかった」

「女は知っているのか」

「知っている。一日、何度か顔を合わせていた。話は出来ないがな」

「辛いな。辛すぎる」

「まあな」

「今もか」

「今はなんともねえ」

「なんとも？」

鉄次は不思議そうにきいた。

「ああ、もう顔を合わすことはねえからよ」

「どうして？」

「死んだ」

男は沈んだ声で言う。

「ここにいる女はみないつか体を壊す。こきつかわれるからな。女の亡骸《なきがら》を俺が運んだ。寺で穴に埋めるとき、抱きしめたよ。死体になってやっと俺のところに帰って来たんだ。おっと、湿《しめ》っぽい話をしちまった」

男は溜め息をついてから、

「俺のような生き方をするか、早く女のことを忘れて新しくやり直すか、それはおまえさんが決めることだ。もし、よければ、おきみって女のことを調べてやるぜ」

「わからねえ。俺はどうしたらいいかわからねえ」

鉄次は呻くように言う。

「金があれば、身請けって手があるが、ふつうの人間には無理なことだ。なまじ、探さないほうがいいってこともある」

「また、出直す」

鉄次は引き返した。後ろから男が声をかける。

「辛いだろうが、いつかいい芽が出るさ」

鉄次は重たい足を引きずり不忍池《しのばずのいけ》をまわってきた。

夕方になって、鉄次は回向院裏にある居酒屋の玉暖簾《たまのれん》をくぐった。まだ早い時間なのに、客は大勢いた。小上がりの座敷の端っこが空いていた。鉄次はそこに落ち着いた。

壁際で、額《ひたい》を突き合わせていたふたりの男が睨《にら》んだ。

鉄次は無視して、やってきた小女《こおんな》に酒を注文する。

せっかく地獄のような日々を耐え、七年振りに戻った江戸で待っていたのはさらなる地獄だった。

あの客引きのようにおきみのそばで暮らすことが出来るだろうか。出来やしねえと、吐き捨てる。

毎晩、おきみが男に抱かれているそばで、どうして暮らしていけるものか。

酒が運ばれてきた。

手酌《てじやく》で呑む。苦い酒だ。江戸に入るまでの心浮き立つ思いはいっきに消えて、苦痛だけが襲いかかる。

金さえあれば身請け出来るのだ。

「金だ」

つい、鉄次は叫んだ。

あわてて、隣の男たちを見る。相変わらず、額を突き合わせながら、ちらっとこっちに目をやった。

ひとりは眉毛が薄く、もうひとりは逆に毛虫のような眉毛だ。無気味な連中だ。堅《かた》気《ぎ》とは思えない。

さっきの男の女は病気で死んでいったという。ここにいる女はみないつか体を壊す。こきつかわれるからな。と、男の言葉が蘇る。

おきみも同じ運命を辿《たど》るかもしれない。ちくしょう。金さえあれば、身請け出来るのだ。

「金があれば」

また、無意識のうちに叫んでいた。

銚子が空になった。追加の酒を頼もうとしたとき、

「兄さん、一杯どうだえ」

と、声をかけられた。

眉毛の薄い男がにやにや笑いながら銚子を差し出した。

鉄次はつられたように猪口を差し出した。

「どうも」

鉄次はわけがわからないまま注がれた酒を呑み干した。

「さあ、もう一杯」

さらに勧める。

「何か、あっしに？」

鉄次は疑問を抱いた。

「なんだか、兄さんがあんまり辛そうに呑んでいるんで、放っておけなくなってね」

濃い眉毛の男が口をはさんだ。

「…………」

「さあ、呑んで」

「すまねえ」

また、猪口を差し出す。

「兄さん。名前は？」

「鉄次だ」

「おや、兄さん。その手はどうしたんだえ。怪我でもしたのか」

左腕の包帯を見て、眉の薄い男がきく。

「いや、たいしたことじゃねえ」

鉄次はさりげなく左腕を背中にまわす。

いったい、この連中はなんなのだと、腹立たしくなった。顔色を読んだように、眉の薄い男が言った。

「兄さん。金が欲しいって言ってなかったかえ」

「えっ？」

そんなことを口走った記憶がある。

「誰だって、金は欲しいだろうよ」

「そうよな」

男はにやりとして、

「どうだえ、金になる仕事があるんだ。じつはひとり、病気になっちまって出来なくなった。代わりの人間を探さなきゃならねえと頭を抱えていたところに、兄さんの声を聞いたってわけだ」

「金になる？　まさか、手が後ろにまわるようなことじゃねえだろうな」

鉄次は警戒した。

「それはどうかな。まあ、興味があれば、明日またここで会おうじゃねえか。そんとき、返事を聞かせてくれ。いやならいやでいいんだ。じゃあ」

ふたりは立ち上がり、勘定を払って出て行った。

見送って戻って来た小女を呼び止めた。

「姉さん。酒を頼む」

「はい」

「あっ、ちょっと。今のふたり、どこの誰だえ」

「いえ、はじめて見る顔です」

「はじめてか……」

こっちもはじめてだ。お互い、はじめての店に入り、隣り合わせになったのは何かの縁《えん》だろうか。

金になる仕事だと言っていた。簡単に金になる仕事があるわけはない。かなり、危ない仕事だろう。ふたりとも、堅気ではない。

押込みでもやろうと言うのか。冗談じゃねえ。そんな真似が出来るわけはねえ。ばかにするな、と内心で吐き捨てる。

「お待ちどおさま」

小女が酒を持って来た。

「すまねえ」

手酌で酒を注ぐ。

猪口を口に運ぶ手が途中で止まった。

「金か」

また覚えず口をついて出た。

まとまった金があれば、おきみを身請け出来るのだ。このまま、何もせずに手をこまねいていても事態は変わらない。

だが、危ない橋を渡ってでも金さえ手に入れば……。何をするのかわからないが、ひと殺しさえしなければ何をやっても構わないではないか。それで、おきみが救われるなら。

ばかな。俺はいったい何を考えているのだ。鉄次は気が立ってきて、酒を立て続けに呑んだ。

いくら呑んでも酔わない。心がざわついて、酒の味もわからない。

「姉さん、勘定だ」

鉄次は立ち上がって叫んだ。

酔っていないと思っても、足はよろけている。夜の道を亀沢町まで帰る。

大家が空いている長屋の部屋を貸してくれたのだ。亀沢町に入った。自身番の明かりが揺れた。やはり、酔っているようだ。

ようやく長屋木戸を入り、路地を行く。一番奥の部屋の腰高障子に手をかけたとき、目の端に黒い影が入った。

ひょいと顔を向けたとき、暗がりに消えた影がふたつあった。さっきの連中かもしれないと思ったが、それ以上に頭は働かなかった。

部屋に上がるなり、敷きっぱなしのふとんの上に倒れ込んだ。金が欲しい。おきみを助けたいとぶつぶつ言いながら、いつしか鉄次は寝入っていた。

四

強い北風が吹きつけていて、風烈廻り与力の青柳剣一郎は朝から同心の礒島源太郎《いそじまげんたろう》と大信田新吾《おおしだしんご》を伴い町廻りに出ていた。

強風は砂埃を舞い上げ、道行くひとをたびたび立ち往生させている。剣一郎たちも何度も足を止めなければならなかった。

風烈廻りは失火を防ぐだけでなく、不穏な人間の動きを察知して付け火などを防がねばならない。

このように風の強い日は剣一郎も見廻りに出ている。冬は風が強く吹く。荒れた天気の日に火の手が上がればたちまち類焼し、大惨事になる。したがって、見廻りに気を抜くわけにはいかなかった。

だが、いつにもましてきょうは緊張していた。最近、日本橋《にほんばし》周辺で、不審な動きの男が目撃されているのだ。

三日前に本石町《ほんこくちょう》一丁目の木戸番の番人が夜回りのときにある商家の塀のそばにしゃがんでいた男を見つけ、近付くとあわてて逃げ去ったという。同じような報告が一昨日《おとてい》にも大伝馬町《おおてんまちょう》の一丁目の木戸番からあった。

ふたりの木戸番が目撃した男の背格好は似ており、同一人物と思われた。そして、今朝からの大風である。

昼間だからといって油断は出来ない。剣一郎たちもきょうは日本橋から神田《かんだ》周辺を中心に警戒に当たっていた。鳶《とび》の者も見廻りに出ていた。

剣一郎は本町通りを三丁目からお濠《ほり》のほうに向かった。強くて冷たい風が吹いていても、人通りの多さはふだんと変わらない。

途中、裏通りに入る。質屋兼両替商の『赤木屋』の裏手に差しかかったとき、裏口の前に大八車が停まっていた。

炭屋だ。『赤木屋』に炭を届けに来たものと思える。車力《しゃりき》が戸を叩き、内側から戸が開いた。紺《こん》の股引《ももひ》きに着物を尻端折《しりつぱしよ》りした男が出てきた。

炭を運び入れるために出てきた下働きの男のようだ。その男が剣一郎の一行に気づいて、あわてて腰を折った。

が、そのあと驚いたように顔を上げた。そして、思い詰めたような目を向けた。しかし、すぐに思い直したように顔をそむけた。

剣一郎はその男の挙動に不審を持った。剣一郎の顔を見て、いったんは何かを訴えかけるような気配を見せた。

色の浅黒い精悍《せいかん》な顔だ。三十過ぎだろう。肩幅も広く、がっしりした体格は力仕事をしてきた男のように思える。

なぜ、最後に剣一郎から顔を隠したのか。

行きすぎてから、剣一郎は振り返った。男は炭俵《すみだわら》を担《かつ》いだままこっちを見ていた。剣一郎と目が合うと、またあわてて顔をそむけ、屋敷の中に入った。

男はこっちを知っている。そう確信した。しかも、いったんは何かを訴えようとしたのではないか。

剣一郎に男の心当たりはなかった。

「青柳さま、どうかいたしましたか」

儀島源太郎が不審そうにきいた。

「いや、なんでもない」

仮に男がこっちの顔を知っていたとしても、それが犯罪に結びつくものではなかった。ただ、何かを訴えかけたように思えたことが気になる。

男はこっちの顔を単に知っているだけではなく、こっちも男の顔を知っていると思ったのではないだろうか。

結局は顔を隠すようにそむけたのは思いだされたらまずいからか。しかし、そんな人間には心当たりはなかった。

それからも見廻りを続けた。通りに燃えやすい荷物などを出しっぱなしにしている商家には中に入って主人や番頭に注意を促《うなが》す。

強風は夕方になっても収まらなかったが、厚い雲が張り出してきた。

「雨になってくれるといいのだが」

剣一郎は空を見上げて言う。

夜になって、いよいよ雲が広がり、五つ（午後八時）を過ぎた頃から雨になった。

強風が雨雲も早く運んできてくれたのだ。

「降ってきました」

大信田新吾が空を見上げて大声を張り上げた。

「よかった、よかった」

どうやら本降りになりそうだった。これで付け火の恐れはなくなる。

礒島源太郎も声を弾《はず》ませた。

「どこかで雨宿りだ」

剣一郎たちは近くの自身番に駆け込んだ。

雨に濡れ、体が冷えてきたが、ほっとしたことのほうが勝った。

自身番に詰めていた家主から熱い茶をもらって生き返るようだった。

「きょうは朝から出ずっぱりだったから疲れたであろう」

剣一郎は礒島源太郎と大信田新吾をねぎらった。

「いえ、そうでもありません。ただ、雨に助けられました」

礒島源太郎が正直に言う。

「ええ、ずっと大風が吹きつけていたらと思うとぞっとします」

大信田新吾は寒そうに体を震わせた。

「新吾。風邪《かぜ》を引くなよ」

源太郎が言う。

「私はだいじょうぶです。若いんですから」

若いという言葉に、剣一郎は反応した。『赤木屋』の裏口で見かけた男のことだ。

今になって思いだしたのは無意識ながらずっと気になっていたからかもしれない。若いころに出会った男かもしれない。そういえば、なんとなく、あのような顔の男に記憶があるような……。

降りしきる雨を見つめながら、剣一郎は男のことをなおも気にしていた。

翌朝、剣一郎はいつもの時間に起きた。

軒を打つ雨音がしていた。まだ降り続いているのだ。しばらく天気が続き、空気が乾いていたので恵《めぐ》みの雨といえるかもしれない。だが、これでまたいっきに寒くなるだろう。

ゆうべは自身番で傘を借りて屋敷まで帰ってきた。だが、傘はあまり用をなさなかった。屋敷に辿り着いたとき、全身が濡れていた。

少し寒けがすると訴えると、妻女の多恵《たえ》が卵酒を作ってくれた。それが効いたのか、風邪を引くことはなく、すっきり目覚めた。

「お加減はいかがですか」

厠《かわや》から戻ると、多恵が心配してきく。

「おかげで気分はいい」

「よございました」

多恵はにこりと笑った。

朝餉のとき、またも『赤木屋』の裏口で見かけた男のことを思いだした。あの男は何かを訴えかけた。だが、最後には顔を隠した。そのことが引っかかるのだ。一方的にこっちのことを知っているだけではない。こっちもあの男を知っている。だから、隠した。そんな気がする。

しかし、剣一郎は思いだせない。少なくとも最近出会った顔ではないことは確かだ。若いころ……。ゆうべ大信田新吾の言葉で気づいたが、若いころの知り合いかもしれなかった。だが、思いだせない。そのことがもどかしい。

食事のあと、伜剣之助《けんのすけ》が部屋までやってきた。剣之助はいま吟味《ぎんみ》与力の見習いとして竹馬《ちくば》の友である吟味与力の橋尾左門《はしおさもん》の下で働いている。

「父上、よろしいでしょうか」

「うむ」

剣一郎はすっかり凜々《りり》しくなった剣之助を眩《まぶ》しく見た。

「なにか屈託のあるご様子に感じられました。ゆうべの件で、何か気になることがおありでしょうか」

付け火への警戒の中で、何か問題を抱えていると思ったようだ。

「いや。そうではない」

剣一郎は庭に目をやった。

雨が庭の草木を打ちつけている。

「もっとも不審者を見つけ出せたわけではないので問題はないとは言えぬがな。きのうはこの雨のおかげで事なきを得たようなものだ」

剣一郎は雨を見つめて言う。

「では、何かほかのことで？」

剣之助がきく。

父親の微《わず》かな表情の変化にも敏感《びんかん》に反応する。これも吟味与力としてひとの顔色を読む才に長《た》けてきたからかと、剣一郎は苦笑した。

剣之助の眼力を尊重しようと、剣一郎は答えた。

「じつはきのう、ある男を見かけた」

『赤木屋』の裏口での一件を話してから、

「いったんは何かを訴えかけようとした。だが、最後は顔を隠した。なぜ、顔をそむけたのか。わしに気づかれることを恐れてのことだったのか。何かやましいところがあるのではないか。それより、わしがあの男のことを思いだせないことがもどかしいのだ」

「そうでございましたか。では、その男のことを調べてみますか」

「うむ。ひとを疑うのは本意ではないが、あの近辺に不審者が出没している折りだからな。そうしたほうがいいかもしれぬな。だが、調べるにしても、秘《ひそ》かに行ないたい。あくまでも、こっちの一方的な印象だけなのでな」

「では、文七《ぶんしち》さんにお願いしたらいかがでしょうか」

「そうだの」

文七は剣一郎が個人的に使っている男だ。多恵の引き合わせだったが、多恵の腹違いの弟ではないかと思っている。そのことに、剣一郎は触れようとはしなかった。多恵、あるいは文七のほうから切り出すまで黙っているつもりだった。

「じつは今夜、文七さんの長屋まで遊びに行く約束になっているのです。そのとき、頼んでおきますが」

剣之助と文七は気が合うようで、ときたまふたりは会っているのだ。たいてい、場末の居酒屋で酒を酌《く》み交《か》わすということだ。そういう庶民の暮らしの場に触れることは、吟味与力にとって必要なことだと考えている剣一郎には、ふたりの交際は大歓迎だった。

「いや。その件は私から話す。文七とは仕事や身分を抜きにつきあうことだ。あの者から剣之助はたくさん得るものがあるはず。それは対等につきあってこそ得られるものだ」

「はい。わかりました」

「ただ、明日の朝でも屋敷に来るように告げてもらおうか」

「畏《かしこ》まりました」

剣之助は下がった。

与力の出仕は四つ（午前十時）であり、剣一郎が髪結いに髪と髭《ひげ》を当たってもらい、出仕の支度をはじめたときには剣之助はすでに屋敷を出ていた。

「雨が止《や》みました」

多恵が庭に目をやって言った。

「止んだか。火の用心のためには恵みの雨であった」

「でも、ここまでやってこられる方々にとっては雨はつろうございましょう」

与力の屋敷には昼間、いろいろな来訪者がいる。剣一郎への頼みごとのためにやってくる来客も多いが、多恵に相談しにやってくる庶民も多い。多恵はどんな人間のどんな相談にも乗ってやっているのだ。

一度、剣之助の嫁の志乃《しの》が驚嘆《きようたん》していたことがあった。

「義母《おかあ》さまは老若男女《ろうにやくなんによ》、さまざまなひとの話を聞いてやり、てきぱきと答えて助けてやります。私にあのような真似が出来るか」

多恵は昔から勘が鋭く、頭の回転は速かった。

若いころは、剣一郎も事件のことでいつも手助けとなる意見をもらって役に立っていたものだ。

そう思ったとき、またも若いころという言葉が頭の中に広がった。

やはり、あの男とは若いころに会っていたのだろう。どうして思いだせないのか。

それほど剣一郎にとって強い印象ではなかったのだろうか。

いや、思いだすことを邪魔している何かがあるのだ。何かの思い込みがあるのではないか。たとえば、江戸にいるはずがない男だからだと……。

「また、何かお考えですね」

多恵が指摘した。

脇差《わきざし》を腰に差した手が止まっていた。

「いや」

剣一郎は苦笑した。

これほど考えているのは、そんなに印象が薄い出会いだったのではないからだ。強烈な思い出であったはずなのに、どうして忘れているのか。

継裃《つぎがみしも》、平袴《ひらばかま》に無地で茶の肩衣《かたぎぬ》という姿で、剣一郎は槍持《やりもち》、草履取《ぞうりと》り、挟箱《はさみばこ》持ちを従えて屋敷を出た。

楓川《もみじがわ》沿いを行き、お濠端に出て、数寄屋橋御門《すきやばしごもん》を入って、南町奉行所にやって来た。

今月は月番なので、南町の大門は八の字に開いている。だが、出入りは脇の小門を利用する。

その小門の前で、剣一郎は人足寄場掛《にんそくよせばかかり》与力の山吹吉五郎《やまぶききちごろう》に会った。

「これは山吹どの」

山吹吉五郎は四十四歳。鬼瓦《おにがわら》のようないかつい顔で、無宿人たちには睨みをきかせているが、身だしなみはよく、匂《にお》い袋を持っていてなかなかの洒落《しゃれ》ものだ。

匂い袋を持つ理由については、人足寄場の独特のすえたような臭いを消すためだと聞いたことがある。

「青柳どのか。久し振りだのう」

南北の人足寄場掛与力はふたりの同心とともに石川島《いしかわじま》の人足寄場に隔日に詰め切りで勤務する。そのせいか、めったに顔を合わすことはなかった。

「青痣与力の活躍はよく聞いているぞ」

山吹吉五郎は快活に言う。

「恐れ入ります。さあ、どうぞ」

剣一郎は吉五郎を先に奉行所内に入れた。

「寄場のほうはいかがですか」

「無宿人ばかりでなく、刑の軽い者でも受け入れるようになったので人足が増え過ぎてきた。経費が嵩むでな。宇野《うの》さまにも相談申し上げているところだ」

宇野清左衛門《せいざえもん》は年番方与力で、金銭面も含め、奉行所全般を取り仕切っている。

「そうでございますか」

「更生して出て行く者が少なくなっているのも問題だ」

吉五郎は不満そうに口を歪《ゆが》めた。

玄関を上がり、年番方の部屋に向かう吉五郎と別れ、剣一郎は与力部屋に行った。

その途中、剣一郎はひょっとしてと、『赤木屋』の裏口で会った男のことに思いを馳《は》せた。

山吹吉五郎に会って石川島の人足寄場のことを考えたのだ。

寛政《かんせい》二年（一七九〇）に火付盗賊改役の長谷川平蔵《はせがわへいぞう》が老中松平定信《まつだいらさだのぶ》に建議をし、石川島に無宿人の更生のために寄場を作った。

ここで作業をしながら仕事を覚え、仕事先を斡旋《あっせん》してもらって寄場を出る。そういう仕組みだったが、なかなか思うようにはいかないのだろう。

長谷川平蔵が退役したあと、人足寄場の管轄《かんかつ》は奉行所に移された。

問題は人足寄場ではない。無宿人のことだ。

遠い記憶が徐々にたぐり寄せられてきた。あっと、剣一郎は気がついた。

（まさか……）

確か、弥八という名の男がいた。そして、もうひとり、時助。

弥八だろうか。しかし、弥八は……。

もう七年も前のことだ。このころ江戸で、無宿人狩りが行なわれた。佐渡金山《きんざん》の水替《みずかえ》人足として送り込まれるのだ。

元和《げんな》、寛永《かんえい》のころに最盛期を迎えた佐渡金山はだんだん鉱脈が枯渇《こかつ》して産出量が減ってきた。そのために、さらに地中深く掘り下げねばならなくなり、すると地下水が湧《わ》いて掘鑿《くっさく》を困難にした。

そのために、湧き水を汲み上げなければならない。人足たちが桶《おけ》で水を汲み出すのだ。水はすぐに湧いてくる。暗い坑内で、大勢の人足たちが休みなく水を汲み出さねばならず、かなりの重労働だった。

この作業のために、江戸から無宿人が送り込まれるようになった。

そして、石川島の人足寄場からも駆り出されたのだ。

その中に、弥八と時助がいた。

十年ほど前、弥八と時助はある押込みの仲間に見張り役に誘われた。この押込みは、剣一郎が事前に察知し、標的の商家に予《あらかじ》め町方を待機させていた。

その結果、一味は一網打尽《いちもうだじん》になった。ただ、逸早《いちはや》く、危険を察した弥八と時助が現場から逃げた。

それを遮《さえぎ》ったのが剣一郎だった。ふたりはがたがた震え、ただ誘われて見張りをしただけだと訴えた。

ふたりはまだ若かった。ここで捕まれば処罰される。ふたりの訴えも信じてよさそうだった。だから、剣一郎は逃がしてやったのだ。

それからしばらくして、富裕な商家の裏手で不審な動きをしていたふたりを見つけた。

前回、逃がしてやった男だと気づき、自身番で話を聞いた。

時助は信州諏訪《しんしゅうすわ》の百姓の倅だったが、上州無宿の弥八は御代官手代の倅だった。

代官の配下には手付と手代がおり、手付は小普請組の御家人の中から採用されるが、手代は町人・百姓から代官が選び、勘定奉行の許可を得て採用された。

手付と手代は出身の違いだけで、職務は同じだ。古参の手代だった弥八の父親は御代官元締となって代官を補佐し、手付・手代を監督していた。

父の跡を継いで手代になるべく、弥八は小さい頃から剣術の稽古に明け暮れていたが、代官の手先となって貧しい百姓から年貢を搾《しぼ》り取る手付と手代に反発を覚えるようになり、ついに父親に歯向かい勘当された。それで、国を捨てて江戸に流れ込んだという。

だが、江戸は地方からの人間であふれていた。まっとうに働こうとしても、手に職はなく、ましてや無宿人であり、堅気の仕事に就くことは困難だった。

食うためには盗みをするしかなかったと、ふたりは訴えた。小伝馬町の牢《ろう》送りにするのも忍びなく、剣一郎はふたりの更生を期待して、人足寄場送りにしたのだ。

だが、その三年後に例の無宿人狩りがあった。奉行所でも、無宿人を駆り集め、佐渡奉行の下役人に引き渡した。

剣一郎はこのとき送り込まれた人足の中に、弥八と時助がいることを知らなかった。まさか、人足寄場にいる者からも駆り集めることは想像もしていなかったのだ。あとで、山吹吉五郎に訊《たず》ねたところ、予定の人数に達していなかったので寄場からも集めたということだった。

半刻（一時間）後、剣一郎は本町一丁目の『赤木屋』を訪ねた。

「これは青柳さま」

応対に出たのは番頭の喜太郎だ。

「つかぬことを訊ねるが、ここの下働きの男は名をなんと申すか」

「下働きですか」

喜太郎は微笑《ほほえ》みながら、

「権助《ごんすけ》と申します」

と、答えた。

「権助か。いくつぐらいだ？」

「はい。五十近いかと」

「五十か。他にはいるのか」

「いえ、いまはひとりでございます」

「いまは？」

「はい。じつは最近雇《やと》った男がいたのでございますが、女中にちょっかいを出したり、挙動があやしいのでやめてもらいました。今、後釜《あとがま》を探しているところでございます」

「やめたのはいつだ？」

「きのうでございます」

「きのう？」

「名は？」

「弥助と言います」

「弥助……。いくつぐらいだ？」

「はい。三十三、四ってところでございましょうか。色の浅黒い男で、力がありそうなので期待をしていたのですが」

「どこかの口入れ屋の紹介か」

「いえ、直接ここにやって来ました。実直そうに思えたのですが、わからないものです」

「そうか。すまぬが念のために、その女中に会わせてもらいたい」

「女中にですか」

一瞬眉根を寄せたが、番頭はすぐに笑顔に戻り、

「少々、お待ちください」

「待て。裏口にまわるので、女中にはそこまで出て来てもらいたい」

「畏まりました」

番頭は奥に向かい、剣一郎は裏口に向かった。

裏口で待っていると、小肥りの女中が戸を開けて顔を覗かせた。緊張からか、顔が強張っている。

「すまないな。弥助という男のことできききたい」

「はい」

「弥助というのはきのう炭屋が運んで来た炭を受け取っていた男か」

「そうです」

「きのうやめたそうだが、どうしてだ?」

「なんだか、様子がおかしいので」

「おかしいというと?」

「私にいきなり抱きついてきたり、女中部屋のほうを覗きに行ったり、勝手に廊下《ろうか》に上がったりして。番頭さんが注意をしたら、いきなり怒りだして出ていってしまったみたいです」

「男は何日いたのだ?」

「一日です」

「たった一日でやめたのか」

「はい」

なんとなく腑《ふ》に落ちなかったが、その男が何かをしたとか、これから何かをしようとしていたというわけではないので、深く詮索《せんさく》は出来なかった。

五

その夜、神田多町《たちょう》一丁目の外れにある老夫婦がやっている荒物屋『福田屋《ふくだや》』の二階に、番頭の喜太郎が訪ねてきた。

弥八は喜太郎と差し向かいになった。

「やっぱり、訪ねてきた」

「そうですかえ。やはり、あっしのことを……」

弥八は胸がちくりと痛んだ。青痣与力のことだ。

「すぐにやめさせたと答えておいたが、青痣与力にいろいろきかれて身がすくむ思いだったぜ」

喜太郎が苦笑する。

「まさか、あんなところを青痣与力が通るなんて」

弥八は言ったが、あのとき、一瞬、青痣与力にすべてを話し、救いを求めようと思った。だが、いくら青痣与力といえど、佐渡にいる時助を助けることなど不可能だと思い直したのだ。

「きのうは朝から風が強く、見廻りをしていたんだ。数日前から日本橋界隈《かいわい》に不審な人物が目撃されていたらしい」

「不審な人物？」

「付け火の疑いだ。だから、きのうは警戒してまわっていたんだ。間が悪かったとしかいえない」

「へえ」

あのとき、青痣与力と目が合ったとき、昔のことを思いだした。青痣与力はこっちの言い分を聞いてくれた。信じてくれたのだ。

だから、今度も信用してくれたはずだ。だめでも、思い切って相談してみるべきだったかもしれない。

だが、やはり、青痣与力には知られてはならないのだという結論に達した。

それにしても、あれから七年は経っている。それに、二度ぐらいしか会っていない。青痣与力はこっちのことを覚えていたのだろうか。

このことを報告したときの、喜太郎の決断は速かった。すぐにこの場所を見つけてきたのだ。

「まあ、仕方ない。ここで、しばらく過ごしてもらおう。ここの主人夫婦は昔、旦那《だんな》が世話をしたことがあるので、居候《いそうろう》するには問題はない」

「へい」

「あまり動き回るな。そのときが来るまでじっとしているんだ」

「わかっています」

弥八は唇を噛みしめた。

「じゃあ、また、来る。退屈だろうが、外をうろつくんじゃないぞ」

そう念を押して、喜太郎は立ち上がった。

ひとりになってから、弥八は改めて青痣与力のことを考えた。

押込みの手伝いをしただけという訴えを信じてくれた青痣与力はふたりを解放してくれた。

だが、江戸で無宿人が食べていくことは難しかった。口入れ屋から仕事をもらい、なんとか凌《しの》いできたが、手に職のない身では稼ぎもたかが知れていた。

ふたりとも、魔が差したのだ。盗みを働こうとして忍び込む家を物色しているとき、たまたま通りかかった青痣与力に見つかったのだ。

まっとうに働けと諭《さと》された。無宿人に対して厳しい目が注がれている。手に職をつけるために人足寄場に行くように勧められた。

小伝馬町の牢送りにならず石川島の人足寄場送りですんだ。弥八は時助とふたりで青痣与力に手を合わせたものだった。

寄場人足は柿色《かきいろ》に白の水玉模様のお仕着せで、この人足の中から世話役が選ばれた。弥八たちは、この世話役のもとで寄場での暮らしがはじまった。

石川島には人足の住む長屋と二棟の細工小屋があったが、ふたりは手に職がないので、弥八はたどん造りを、時助は桶やたらいを作る作業をはじめた。

朝五つ（午前八時）から夕方七つ（午後四時）まで働き、賃金ももらえた。ここで手に職をつけ、時助とふたりで地道に働こうと約束した。青痣与力に助けられた命だ。

ふたりは真面目に働き、三年が過ぎた。あと一年もすれば、生業《なりわい》について暮らしていける。そういう目処《めど》も立っていた。

だが、突然、不幸が嵐《あらし》のようにやって来た。弥八と時助は見廻り役の町奉行与力から佐渡行きを命じられたのだ。

寄場での労働を怠《なま》ける者、脱走を企《くわだ》てた者などが駆り集められるのはわかる。だが、弥八と時助は勤勉だった。なぜだと、呻いた。

佐渡の苦役は聞いている。毎日暗く狭い孔《あな》の中で働かせられる。どんな凶悪な無宿博徒《ばくと》も恐怖に震え上がるという地獄だ。

世話役が理由を教えてくれた。身体壮健《そうけん》な若い男がたりないからだという。青柳さまを呼んでくれ、青痣与力を呼んでくれと訴えたが、願いは届かなかった。

佐渡へは越後《えちご》出雲崎《いずもざき》に出て佐渡小木《おぎ》港に行く信州《しんしゅう》路と、越後寺泊《てらどまり》から佐渡小木港に向かう三国《みくに》路があった。

江戸から佐渡まで二十五日間、弥八たちは唐丸駕籠《とうまるかご》で送られた。出雲崎から船で小木港に運ばれ、小木から再び唐丸駕籠に乗せられて金銀山のある相川《あいかわ》に着く。そのころにはどんなに頑健《がんけん》な者でも疲労困憊《ひろうこんぱい》が頂点に達し、作業がはじまる前に落ちこぼれる者もおり、ましてや体の弱い者や病気にかかった者の中には命が尽きる者もいた。

だが、鉱山での苦役はさらに過酷《かこく》で、絶望感しかなかった。

そんな佐渡の暮らしを思いだすだけでも絶叫しそうになる。まっとうに働き、改悛《かいしゅん》の情が著《いちじる》しければ江戸に帰ることが出来るという役人の言葉も偽《いつわ》りでしかなかった。水替人足の士気を高めるためにそんな人参《にんじん》をぶら下げているだけだ。

だが、帰れないとなると、脱走を試《こころ》みたり、徒党を組んで自暴自棄《じぼうじき》から暴れたりする危険があった。

その対策に、佐渡支配組頭の幸山宅次郎《こうやまたくじろう》の提案で、真面目《まじめ》に勤め上げた者を江戸に帰すことを実行した。

人足たちに希望を与えるためだ。だが、それは針《はり》の穴より小さな希望だということを人足たちは気づいていた。江戸に帰れるのはひとりかふたりだ。それでも、その希望にすがった。

そんな中で、弥八は江戸に戻れた。そして、もうひとり帰ることが許されたのは、いっしょに道中をしてきた鉄次だ。

なぜ、鉄次が選ばれたのか。鉄次と同じように真面目に働いてきた人足は他にもたくさんいた。その中で、なぜ鉄次だったのか。

弥八にはその人選の意味がわかった。鉄次がそれほど頑健な男ではなかったからだ。つまり、いなくなっても、さほど影響がないからだ。

たくましい体の持ち主でまだまだ働ける男たちを江戸に帰すようなことはしない。そういう意味では鉄次は運がよかったのだ。

だが、頑丈な体の持ち主である弥八は江戸に帰ってきた。精勤を尽くしたからという理由からだ。

急に鉄次のことが気になった。道中、好きな女が待っていると、うれしそうに話していた。

いまごろその女といっしょに暮らしていることだろう。運良く助かった命だ。大切にしろよと、弥八は内心で呟《つぶや》いた。

そうだ、鉄次の仕合わせな暮らしぶりを少しだけでも覗いてみたい。弥八はそんな誘惑にかられた。

翌日、弥八は四つ過ぎに外出をした。

青痣与力に出会わなければ何の問題もない。柳原通りに出て両国橋に向かう。

両国広小路は近在の百姓が集まってきて青物市場が開かれて賑やかだった。行き交う人びとの表情はみな生き生きしているようだ。

佐渡の坑内にいる連中の死んだような目とはまったく違う輝きがある。人間らしい暮らしをしている目だ。

弥八は両国橋の途中で立ち止まり、欄干《らんかん》に寄った。かなたに冠雪《かんせつ》した富士《ふじ》が見える。冷たい川風も気持ちがいい。

生きているという手応《てごた》えを感じる。もう二度と佐渡に戻りたくはない。弥八は欄干から身を乗り出して下を覗いた。

船が下って行く。このまま、逃げようと思えば逃げられる。だが、いずれ追手がかかる。江戸に潜伏《せんぷく》するのは難しいが、遠くに行けば逃げ果《おお》せるかもしれない。

だが、そこで暮らしていける自信はなかった。また、時助を見殺しにしてまで生きていけない。そう思った。

弥八はやっと気持ちを切り換えて、再び橋を渡って行く。

回向院の脇を過ぎ、亀沢町にやってきた。確か、伊兵衛店だと言っていた。途中、ひときき、弥八は伊兵衛店に辿り着いた。

木戸を入って行く。この時間、男連中は仕事に出かけ、路地には女、子どもしかいなかった。

みな胡乱《うろん》げに、弥八を見ている。どうやら、怪しまれたようだ。仕方ないので、赤ん坊を背負った女に声をかけた。

「すみません。鉄次さんの住まいはどちらでございましょうか」

「そんなひと、いませんよ」

「いない？　数日前に七年ぶりに帰って来たはずなんですが」

そう言うと、年配の女が声をかけてきた。

「その鉄次さんなら、もういませんよ」

「いない？」

「ええ。詳しいことは大家さんにおききなさいな」

「大家さんのおうちはどこでしょうか」

「木戸の脇の家よ」

女は親切についてきてくれた。

裏口の戸を開け、

「大家さん」

と、女は無遠慮に声をかけた。

「なんだえ」

頭髪の薄い男が出てきた。

「大家さん。このひとが鉄次さんを訪ねて来たんだよ。だから、大家さんから話を聞いた方がいいって言ったのさ」

「そうかえ」

大家はこっちに顔を向けた。

弥八は会釈《えしゃく》をした。

「じゃあ、私は……」

女は引き上げた。

「おまえさんは鉄次とは？」

「へえ。江戸までの道中をずっといっしょに。好きな女子が待っていると言っていたので、いまはふたりで楽しく暮らしているんじゃないかと、ちょっと様子を見に来たってわけでして」

弥八は正直に言う。

「まあ、お上がり」

「とんでもない。ここで結構でございます」

弥八は遠慮した。

「そうかえ。じゃあ、ここで。じつはな、その女子はわけあって苦界に身を投じたんだ」

「なんですって」

弥八は胸を激しく叩かれたようになった。

大家がそのわけを話したあとで、

「鉄次のじいさんも亡くなってな。この長屋に三日ほどいただけで出て行ってしまった」

「出て行った？　どこに行ったかわかりませんか」

「いや、言わなかった。ただ、気になるのが人相のよくない男が迎えに来たことだ」

「人相のよくない男？」

「それもふたりだ。まさか、よからぬことを考えているとは思いたくはないが」

「よからぬことってなんですかえ」

「鉄次はおきみ、女の名だが、おきみを必ず身請けするのだと言っていた。身請けにどのくらいの金がかかると思っているのか」

大家は嘆息《たんそく》する。

「おきみさんはどこにいるのかわかりますかえ」

弥八はきいた。

「鉄次が言うには、根津遊廓のどこかの見世にいるらしい」

「根津遊廓……」

鉄次にそんな運命が待っているとは想像もしなかった。

「大家さん、ありがとうございました」

「おまえさん。鉄次を探すのかえ」

「ええ、探してみようと思います」

「もし会ったら、無茶をするなと伝えてくれないか。そして、この長屋に帰って来いと」

「わかりやした。必ず、伝えます」

弥八は大家に約束をし、長屋をあとにした。

あれほど心を弾ませていた鉄次だ。その落胆の大きさは計り知れない。身請けの金を稼ぐことがそう簡単に出来るものではない。

弥八は不安を覚えた。

なんとしてでも、鉄次に会いたい。大家の言うように、鉄次は何かよからぬことを考えている可能性がある。

弥八は両国橋を渡りながら焦《あせ》っていた。鉄次の笑顔が脳裏から離れない。あんなに喜んでいたのに、こんな結果が待ち受けているなんて、と無性に腹が立ってならなかった。

鉄次の行き先の手掛かりは根津遊廓だ。そう思って、弥八は根津に向かった。だが、肝心のおきみがどこの遊廓にいるかわからない。

遊廓の惣門を入って両側に建ち並ぶ妓楼に圧倒されながら、弥八は当てのないまま彷徨《さまよ》っていた。

第二章　遊廓《ゆうかく》の女

一

その日、出仕して、剣一郎は年番方の宇野清左衛門に呼ばれた。

清左衛門は実質的には奉行所内の長である。いかに、お奉行といえど、年番方与力の宇野清左衛門の力なくしては奉行職をこなしていくことは出来ない。

その清左衛門は何かと剣一郎を頼りにしている。ときたま清左衛門から特命を言いつかり、定町廻り同心の手に負えない難事件を何度も解決に導いて来た。

剣一郎は、清左衛門が引退したあとの年番方与力の職を自分に託そうとしている気持ちを知っているが、清左衛門にはまだまだ働いてもらわねばならず、その希望を呑《の》む気はなかった。

年番方の部屋に行くと、清左衛門はいつもの厳しい顔で待っていた。

「うむ。向こうの部屋に行こう」

清左衛門はすぐに立ち上がった。

年番方の部屋の隣にある小部屋で、ふたりは差し向かいになった。

「何かございましたか」

「うむ」

清左衛門は難しそうな顔をさらに歪《ゆが》めた。

「付け火の不審者の対策は万全のようだの。だが、肝心なことは早く不逞《ふてい》の輩《やから》を捕まえることだ」

「はい、必ずや」

「冬のこの時期、万が一火を付けられたら大火事になる。なんとしてでも、早い解決を願いたいものだ」

そうは言いながらも、清左衛門がこの件で剣一郎を呼んだとは思えなかった。

「鳶《とび》の者も総出で見廻りをし、各町の住人も夜警に出ており、対策に万全を整えているようです」

剣一郎は奉行所の対応に評価を見せた。

「そうだの。それだけで安心出来るものではないが、火付けをしようとする者に対してある程度の牽制《けんせい》はでき、また見廻りの目をかいくぐって万が一火を付けられても早期に発見出来るだろう」

清左衛門は呟《つぶや》くように言う。

「ただ、私は……」

剣一郎は水をさすように言う。

「なにか」

「はい。二度も不審者が目撃されていることが気にかかるのです」

「どういうことだ？」

「考えすぎかもしれませんが、ひょっとして囮《おとり》の可能性もあるのではと」

「なに、囮？」

「はい。賊の狙《ねら》いは別の場所ではないか。日本橋周辺に注意を引き付けておいて、他の場所を狙うのではないかと」

「なんと」

「あくまでも私の勘でしかありません。ですが、そのことも考慮をしておくべきかと思います」

「いや、その可能性はある。他の管轄の同心にも注意を呼びかけよう」

「はっ」

剣一郎は応じたが、清左衛門の表情から屈託のようなものは消えない。やはり、この件で呼ばれたのではないと思った。

「宇野さま。何か、気がかりなことでも」

剣一郎はやや身を乗り出してきいた。

「うむ。実はちと困ったことになっての」

「なんでございましょうか」

「人足寄場掛の山吹吉五郎のことだ」

「なにか」

きのうの朝、奉行所の門前で会ったばかりの山吹吉五郎を思い出しながらきく。

「石川島の人足寄場の経費のことだ」

清左衛門が言いよどんだ。

「経費がどうかなさいましたか」

「じつは我が屋敷に投げ文《ぶみ》があった」

「投げ文？」

「うむ。経費が不正に使われているという密告だ」

「なんと」

「昨今、収容する人足が増え、経費がだいぶ増えている。今は年額二千両近い金が寄場にあてがわれている。なれど、人足の数がかなり水増しされているという訴えだ」

「もし、それが事実であれば、寄場奉行や山吹吉五郎どのが黙っているとは……」

剣一郎はあとの言葉を呑んだ。もし事実であれば、ふたりが関わっている疑いが浮上する。まさか、山吹吉五郎がそのような真似をするとは信じられない。

「青柳どの。じつは、その文にはもうひとつ、あることが記されていた」

「なんでしょうか」

「山吹吉五郎の贅沢《ぜいたく》な暮らしだ」

「えっ？」

「山吹吉五郎は妾《めかけ》を囲っていて、その妾の家はかなり豪華だということだ」

「信じられません」

「私もだ。だが、文を無視することも出来ぬ」

清左衛門は顔を近づけた。

「青柳どの。人足寄場を調べる前に山吹吉五郎のことを秘かに調べてもらえまいか」

「はあ」

剣一郎は困惑した。

信憑性《しんぴょうせい》の定かではない投げ文をもとに、朋輩《ほうばい》の与力の素行を調べることに抵抗があった。もし、事実ではなかったら、なんと申し開きをするのか。いや、疑《うたぐ》られた身の心に立ち入ったら許せないことだ。

「青柳どのの怯《ひる》む気持ちはよくわかる。だが、もし何もなければ、このことはわしとそなたのふたりだけの胸に納めておけばよいこと。それより、万が一、事実だった場合の影響を考えたら、このまま捨ててはおけぬのだ」

清左衛門の気持ちもよくわかる。

人足寄場に関わる不正が存在し、そこに町奉行所の与力が絡んでいたとなると奉行所の信頼も失墜《しっつい》しかねない。

「わかりました。やってみましょう」

剣一郎は意を決して言う。

「すまぬ。この通りだ」

清左衛門は頭を下げた。

「宇野さま、このことは長谷川《はせがわ》さまは?」

内与力の長谷川四郎兵衛《しろべえ》はもともと奉行所の与力でなく、お奉行が赴任と同時に連れて来た自分の家臣である。

「いや、知らぬ」

「まだ、お知らせなさらぬほうがよいかと」

お奉行の体面をなによりも優先する長谷川四郎兵衛がこの件を知れば、暴走して何をするか分からない。へたに、山吹吉五郎を詰問し、事態を複雑にしてしまうかもしれない。

「わかっている」

「ただ、問題は投げ文が宇野さまのところだけか、他にも投げ込まれているか」

「わからぬ」

清左衛門は歯噛《が》みをした。

「投げ文の主は誰でしょうか」

「わからぬ。が、寄場の役人のひとりだと考えられる。また、わしの屋敷を知っていることから山吹吉五郎配下の同心かもしれないと思ったりもする。だが、へたに確かめることは出来ぬ。違っていたら、かえって妙な猜疑心《さいぎしん》をもたれてしまうからな」

「はい」

清左衛門の言うとおりだ。推測だけで、誰かを問いつめることは出来ない。

「どうか、頼んだ」

もう一度、清左衛門は頭を下げた。

昼過ぎ、剣一郎は浪人笠をかぶり、黒二重《くろぶたえ》の着流しで鉄砲洲稲荷《てっぽうずいなり》にやって来た。そこで文七と落ち合った。

「ごくろう」

恐縮したように文七は頭を下げた。

「うむ。では、行こう」

ぶらぶらと辺りを散策するふうを装《よそお》いながら、剣一郎と文七は本湊町《ほんみなとちょう》を過ぎ、船松町《ふなまつちょう》にやって来た。

川べりに出ると、佃島《つくだじま》への渡船場があった。ふたりはその近くに立ち、佃島と石川島に目をやった。

佃島と石川島の中間に一万六千三百坪あまりの砂州《さす》があった。葦《あし》が生《お》い茂《しげ》り、満潮時にはほとんどが水没する場所だったという。

長谷川平蔵がその砂州に無宿人を収容する寄場を作るように進言したのである。そこを埋め立て、寄場が出来たのだ。

「もともとは無宿人の更生のために作られたが、最近は追放刑を受けた者も収容している。彼らには重労働を押しつけるようになり、そのために逃亡を企てるものも増えている」

剣一郎は文七に説明をする。

文七は厳しい表情で島を見つめていた。

「どうした？」

文七が無言で島を見ているので、剣一郎は気になってきいた。

「もしかしたら、私もあそこに入っていたんじゃないかって、ふと考えたものですから」

「ばかな。そなたは……」

覚えず、多恵の弟であろうと言いそうになった。

「そなたは無宿ではない」

剣一郎は言いなおした。

「つまらないことを考えるな」

「はい」

「山吹吉五郎はきょうはここに詰めている。南北の奉行所で隔日に詰めているのだ。動きがあるとすれば、寄場からの帰りではないかと思う」

妾の家に行くとしたら奉行所からではなく、ここからだと、剣一郎は想像した。

「作業は夕七つ（午後四時）までだ。そろそろ、役人たちも引き上げてくる。ここを離れよう」

剣一郎は船着場を見通せる場所に身を隠した。

船が着き、役人らしい侍が下りてきた。その中に、山吹吉五郎の顔があった。

「いま、桟橋《さんばし》に上がった侍だ。いかつい顔をしている」

剣一郎は囁《ささや》く。

「わかりました」

山吹吉五郎は供の者と鉄砲洲稲荷のほうに向かった。

「青柳さま、では」

文七は歩きだした。

「頼んだ」

まるでふつうの通行人のように自然な歩き方で山吹吉五郎のあとをつけていく文七を見送った。

その夜、夕餉のあと、屋敷で多恵と過ごしていると、庭に文七がやって来た。

剣一郎は障子を開けて濡縁《ぬれえん》に出た。冷気が全身を包んだ。

庭先に立っている文七に、

「寒くはないか」

と、声をかける。

「いえ、だいじょうぶです。今夜、山吹さまは室町《むろまち》にある小間物《こまもの》屋に行き、買い物をしてからそのまままっすぐお屋敷に帰りました」

「小間物屋で何を買い求めたのだ？」

「はい。山吹さまがお屋敷に戻られたあと、室町まで戻り、それとなく番頭から聞き出したところでは、櫛《くし》だそうです」

「櫛か。妻女にだろうか」

「金銀で蒔絵《まきえ》を施《ほどこ》した鼈甲《べっこう》の櫛で、かなり高価なもののようです」

高価なものを妻女に買うとしたら、何か特別なことがあったからであろう。だが、妻女への贈《おく》り物ではないような気がする。

「やはり、妾への贈り物か」

「私もそう思います」

「そうか。では、近々妾のところに行くかもしれぬな。すまぬが、明日も頼む。明日は奉行所に詰めるはずだ」

「畏《かしこ》まりました。では」

「待て」

剣一郎は引き止めた。

「はい」

「飯はまだだろう。食っていけ」

「いえ、もったいのうございます。私には行きつけの店がありますので」

「一膳飯屋《いちぜんめし》か」

「はい」

「剣之助もいっしょしたことのあるところか。一度、わしも連れて行ってもらおう」

「わかりました。ぜひ」

文七はにやりと笑った。

文七を見送っていると、多恵がやって来た。

「文七にいい嫁はいないか」

「私も心がけているのですが……」

多恵が語尾を濁《にご》した。

「なんだ?」

「剣之助にきいてもらったら、そんな気はないと答えたそうです」

「その気はないのか。だが、本心かどうか」

「まっとうな職に就いていないことに負い目を感じているのかもしれません。確かに、今のままでは所帯を持つことは難しいかと」

「なあに、そのうち、文七にはうってつけの仕事がまわってくる。その点は心配いらない。わしに任せておけばいい」

「ありがとうございます」

多恵が礼を言った。

正面切って弟とは打ち明けていないが、このようなやりとりの中で、多恵は弟であることを訴えているようだった。

あと数年もしたら文七も三十だ。いつまでも、剣一郎に使われているべきではない。だが、剣一郎にはある考えがあって、文七を手足のように使っているのだ。いずれ、文七には定町廻り同心から手札をもらってやるつもりでいる。文七ならいい岡っ引きになるはずだ。

今はそのための修業のつもりで文七を使っているのだ。この考えはまだ文七にも多恵にも話していない。

「あら、雪かしら」

白いものがちらついてきた。

「どうりで冷えると思った。さあ、中に入るか」

「もう少し」

多恵が笑った。

剣一郎も舞うように降る雪を眺《なが》めた。

「私が子どものころにいた女中が北国の出でした。北国では雪を知らせる虫が飛ぶそうです。雪のように白い、または綿《わた》のような。雪虫というそうです。雪虫を町中で見かけると、数日したらほんとうに雪が降るそうです。その話を聞いて、私は子ども心に雪虫に憧れたものです」

多恵は夢を見ているように目を輝かせた。

「雪虫か」

剣一郎もまた夢の中に引きずり込まれそうになった。

雪はさらに降り続けた。

二

根津遊廓にも雪が降って来た。手足が凍《こご》えそうだ。今夜もここにきて、鉄次はおきみを探し求めた。

おきみが働いているのは高い見世に違いない。張見世に出ている女たちを格子の隙《すき》間《ま》から目を皿のようにして見たが、おきみらしき女はいなかった。仮に見つけたとしても、見世に揚がる金はなかった。

遊廓をひと通り歩いたがだめだった。身を縮《ちぢ》こませて、裏通りに向かった。安女郎のいる小さな遊女屋が軒を連ね、白粉《おしろい》の濃い女が土間で寒そうに客待ちをしていた。どこかに入ろうと思いながら物色していると、軒行灯《のきあんどん》に『湊家《みなとや》』とある遊女屋の土間にいた女と目が合った。

雪の中を、女が飛び出してきて鉄次の手をとった。

「わあ、兄さん、体が冷たい」

女が目を丸くして驚く。

「温めてあげるから」

「わかった」

鉄次は頷《うなず》いた。

女に手を引っ張られて土間に入る。他の女が妬《ねた》ましげに見ている中、鉄次の手をとって梯子段《はしごだん》を上がった。

とば口にある四畳半の部屋の障子を開ける。行灯の淡《あわ》い明かりが紅殻が剝《は》げた鏡台や茶箪笥、それに衣桁《いこう》を映し出している。

部屋の中もひんやりとしていた。

「ちょっとまってね」

女は部屋を出て行った。

反対側の窓に向かい、障子と雨戸を開けた。雪は激しく降っている。少し先に大きな二階家が見えた。遊廓の建物だ。

おきみがいるかもしれないと思うと、胸が裂かれそうになる。

「さあ、温まって」

女が入ってきた。鉄次は窓を閉め、部屋の真ん中に戻った。

「どうぞ」

女は手焙《てあぶ》りを寄越《よこ》した。見掛けは若いが目尻に皺《しわ》がある。

「いいのか。すまねえ」

「呑むでしょう」

「ああ、もらおうか」

「待ってて」

女は急いで階下に行く。

ほんわかした温《ぬく》もりがかざした手に伝わってきた。遊廓に飛び込んで、おきみの名を出しても誰もわからなかった。

おきみの名では出ていないだろう。だから、わからないのは当たり前だ。だが、誰もが知っていて隠しているような気がしてならなかった。

おきみ……。鉄次が呟く。

酒を持って女が戻ってきた。

「さあ、熱いのを呑んで」

袂《たもと》で銚子を摑《つか》み、湯呑みに注ぐ。

鉄次は湯呑みを摑んで喉に流し込む。喉から腹に熱いものが落ちていくのがわかった。

「うめえ。少しは生き返ったようだ」

「兄さん。名前は？」

「鉄次だ」

「鉄次さんね。私はおひさ。よろしくね」

「ああ」

「私もいただいていい？」

「いいぜ。呑みな」

人心地がついて、鉄次にやっと余裕が生まれた。

「静かだな」

「今夜は暇《ひま》。兄さんが来てくれなかったら、お茶を挽《ひ》くところだったわ」

おひさはほっとしたように微笑んだ。

「鉄次さん、その腕どうかしたの？」

おひさが鉄次の左腕の布を見た。

「これか。怪我だ」

「そう」

おひさはそれ以上はそのことに触れなかった。

「今夜は泊まってくださる？」

「そうだな。雪の中を帰るのは難儀だ。泊めてもらおう」

「うれしい」

おひさは小娘のように胸の前で手を組んで喜んだ。二十四、五に見えるが、間近で見れば三十前後のようだ。

だが、表情は若さを装っている。

「おひささんはここは長いのかえ」

「根津に来て三年よ。その前は深川《ふかがわ》にいたわ」

「なんで、こんな商売に?」

おひさは押し黙った。

「すまねえ。よけいなことをきいちまった」

鉄次は湯呑みを口に運んだ。

「他の妓《ぎ》と同じよ。借金」

「借金か。そうだろうな」

「亭主の借金よ。その肩代わりよ」

「そうかえ。ご亭主はどうしているんだ?　身請けの金をこしらえようとして頑張っているんじゃねえのか」

「死んだわ」

「死んだ？」

「殺されたわ。賭場で。とにかく博打《ばくち》好きで、喧嘩っ早《ぱや》かったから。私を売り飛ばした罰《ばち》が当たったのさ」

おひさは口元を歪めた。

「割に合わねえな。あんたは」

「でも、ここには同じような境遇の女たちがたくさんいるわ」

「確かにそうだ」

鉄次はおきみに思いを馳《は》せた。おきみも、同じように客に問われ、苦界に身を落としたわけを話しているのだろうか。

「いやだわ。変な話をして。私、どうしたんだろう。こんな話、誰にもしちゃいないのよ。ほんとうよ」

おひさは言い訳のように言う。

「いいじゃねえか。じつは、俺の許嫁だった女もここのどこかで働いているんだ」

鉄次はつい口にした。

「えっ、鉄次さんの許嫁？」

「そうだ。何年かぶりで帰ってきたら、身売りしていたってわけだ」

「そう」

「おひささんが言うように、ここでは当たり前の話だ。もう、よそう。くだらない話をしちまった」

鉄次はやりきれないように言う。

「なんていう名だい？」

おひさはまだ続けた。

「おきみだ」

「おきみさん……」

おひさは小首を傾げた。

おきみは器量良しだ。だから、こんな安っぽい遊女屋にはいねえ。そう言いたい言葉を呑んだ。

「いつごろここに？」

「三年前だ。おまえさんがここに移ったのと同じころだ」

「そう」

湯呑みを口に持っていき、おひさはぐっと呑み干した。

鉄次は銚子をつまんだが、二本とも空だ。

「酒、もらおうか」

「ええ」

おひさは立ち上がった。障子を開けると、冷たい風が流れ込んだ。

「なんて冷える夜なんだろう」

そう言いながら、おひさは廊下に出た。

おきみもこうして同じように毎夜違う男の相手をしているのだろう。辛《つら》いだろうな。待っていろ。きっと、身請けをしてやる。

その目処《めど》が立った。決して不可能ではない。

たまたま入った居酒屋で隣り合わせになったふたりの男は十蔵《じゅうぞう》に利助《りすけ》と名乗った。一目で堅気ではないとわかる危険な雰囲気《ふんいき》の男たちだった。

金儲《もう》けの仕事がある。仲間に入れと誘われた。その夜、ふたりは長屋までつけてきた。こっちの素性を探るためだったようだ。

翌日の夜、またその居酒屋に行ってふたりに会い、仲間に入ることを約束した。金が欲しかったからだ。

障子が開いて、おひさが酒を持って入ってきた。

今度は鉄次の横に腰を下ろした。

「積もりそうよ」

「そうか。積もるか」

「私、雪は嫌いじゃないわ。汚いものを全部隠してくれるもの。鉄次さんは雪はどう？」

「俺は嫌いだ」

「そう、どうして？」

「いやなことを思い出すんだ」

鉄次は顔を歪めた。

冬の坑内はさらに冷たく、やっと作業が終わって外に出ると雪に覆《おお》われていた。暗い道を雪に何度も足をとられながら小屋に向かう。疲れて感覚のなくなった体は雪にまみれても寒さを感じなかった。

佐渡の金山には金鑿《かねのみ》大工や荷方などが働いていたが、彼らは職人であり、高い給金をもらっていた。そんな職人たちを相手の呑み屋や遊女屋で相川の町は賑《にぎ》わった。だが、水替人足は無関係だった。

地下の湧き水を汲み出すだけの水替人足には技術はいらない。ただ、肉体だけがあればよかった。坑内の地底で、次々に湧き出る水を桶で汲み、他の人足たちに手渡しで外に捨てる。それだけのことを馬車馬《ばしゃうま》のようにやらされた。

「雪は嫌いだ」

鉄次はもう一度呟くように言った。

時が経つ。廊下に人声がした。

「客らしいな」

「ええ」

おひさは気のない返事をした。

「私の嫌いな妓に客がついたみたい。お茶を挽かせたかったわ」

「いろいろあるんだな」

同じような境遇の女たちは肩を寄せ合って生きているのかと思ったが、そうではないようだった。

「そろそろ」

おひさが言い、膳《ぜん》を片づける。

鉄次は立ち上がり、また窓辺に行き、雨戸を開けた。

外は白くなっていた。向かいの遊廓の庭にある松の枝に雪が積もっていた。

　またも佐渡での光景が蘇《よみがえ》る。水替人足のひとりが足を滑《すべ》らせ、丸太で組んだ足場から水の底に落ちた。

　その亡骸《なきがら》を引き上げ、雪の中を墓地まで運んだこともあった。誰もが無言で、墓穴に亡骸を落とし、土をかけた。

　七年間で、何人もの人足仲間を葬《ほうむ》ってきた。

「さあ、敷《し》けたわ」

　雨戸を閉め、振り返ると、寝床《ねどこ》が敷かれていた。

　翌朝、鉄次はおひさに見送られて遊女屋を出た。明るい陽射しが雪に照り返していて眩《まぶ》しい。明け方まで降った雪はだいぶ積もっていた。

「また、来て。待っているわ」

　おひさが声をかけた。

「ああ」

　手を上げ、鉄次は雪の中へ踏み出した。

　根津権現に行き、社殿の前に立った。

「どうかおきみに会えますよう。そして、おきみを身請けさせてくれ」

鉄次は願いを込めて手を合わせた。

帰りは根津遊廓の中を通る。この中のどこかにおきみはいるのだ。必ず、探し出す。そう呟きながら歩いていると、

「兄さん」

と、声をかけられた。

遊廓の戸口で雪かきをしていた男が近寄ってきた。いつぞやの客引きだ。歳は食っているが小粋な感じの男だ。

「あれからきいてまわったんだ。『松野楼《まつのろう》』におきみという女がいるそうだ」

「ほんとうか」

鉄次は胸を轟《とどろ》かせた。

「おはるという名で出ている」

「ありがてえ」

「待て。会いに行くかどうかは真剣に考えたほうがいいぜ。三年も経てば、女だって知らず知らずのうちにここの水に馴染んでいるだろうからな」

「ああ、肝《きも》に銘《めい》じておく。ところで、『松野楼』ってどこだえ」

「この二軒先だ。ほれ、大きな看板が見える」

「わかった」

「よく考えることだ。後悔しても知らねえぜ」

男は真顔で忠告した。

鉄次は礼を言い、『松野楼』に向かった。

朝帰りの客が帰るところだ。訪ねても会えるわけはない。今度、客として揚がるしかなかった。

鉄次は雪道を帰途についた。

鉄次が帰って来たのは浅草福井町《ふくいちょう》一丁目にある道具屋『小金屋《こがねや》』だ。

店番をしていたのは眉毛の薄い十蔵だ。

「おう、どうした、ゆうべ帰ってこないので心配したぜ」

「ちょっと……」

「女か。旦那に挨拶《あいさつ》して来い」

「へい」

鉄次は板敷きの間から奥の居間に向かった。

長火鉢の前で、太市《たいち》が煙草《たばこ》をくゆらせていた。隣に情婦のおはつがいる。

「旦那、ゆうべはどうも」

「おう、帰って来たか。逃げ出したかと思ったぜ」

「とんでもねえ」

「冗談だ」

太市は笑った。

表向きは『小金屋』の主人だが、裏の顔は小金井《こがねい》の太市という盗人だ。十蔵と利助は奉公人であり、子分だった。

もうひとり仲間がいたが、急病になってあっけなく死んでしまった。途方にくれているとき、鉄次に出会ったということらしい。

「旦那」

鉄次は身を乗り出し、

「仕事はいつですかえ」

と、きいた。

「どうした、そんなに金が欲しいのか」

「へえ」

「なにに使うんだ?」

「へえ、別に」

「女か」

「へえ」

「ゆうべもその女のところか」

「いえ、ゆうべは……」

「まあ、いい」

太市はぐっと顔を突き出し、

「そう遠くはない日だ」

と、言った。

「まあ、今度はおめえがはじめてなんで小手調べだ。使えると思ったら、いよいよ、本格的にやるぜ。いいな」

「へい、承知しました」

ついに、どこかに押し込むのだ。いくらかの稼ぎになる。その金で、『松野楼』に揚がるのだ。

おきみ、待っていろ。今、会いに行くぜ。鉄次は胸を躍《おど》らせた。

そんな鉄次を、太市が頼もしそうに見ていた。

三

その日の夕方、弥八は多町一丁目の荒物屋の『福田屋』を出た。

下谷《したや》広小路から不忍池をめぐる。雪解けで、道はぬかるんでいる。根津遊廓にやって来た。この辺りは雪かきがされている。それでも、ところどころ道はぬかるんでいた。

惣門をくぐる。弥八はきょうも鉄次を探すためにここにやって来たのだ。女が苦界に身を落としたと知って、自棄《やけ》になっているのではないか。

別にそこまで赤の他人を気にかけることはないが、せっかく地獄から還《かえ》ってきた者同士だ。せっかくなら、まっとうに暮らして欲しい。そう思った。

そう思うのも、なんとなくあの男が時助に似ているからだ。顔だちは違うが、体つきが似ているせいか醸《かも》しだす雰囲気がいっしょだった。

少し気弱そうな目とちょっと恥ずかしそうに下から掬《すく》いあげて相手を見る仕種《しぐさ》がよく似ている。

「兄さん、どうだね。遊んでいかないかえ」

客引きが寄って来た。

「いや、いい。人探しだ」

「ほう、誰を探しているんだ？」

ふと弥八は足を止め、改めて男を見た。四十年配の小粋な感じの男だった。

「どこの見世の妓も知っているのかえ」

「いや、全部というわけではないがな。まあ、言ってみな」

「おきみって女だ」

「なに、おきみ？」

「知っているのか」

「おきみを探している男がいたからな」

「鉄次だ。やはり、そうか。で、その男はおきみを探し出せたのか」

弥八は男に食い下がった。

「まだだ」

「その男の住まいをきいたか」

「いや、きいちゃいねえ。ただ、おきみって女の居場所を教えてやった。金を貯めて揚がるつもりのようだ。なまじ、会わねえほうがいいと忠告したんだが、あの男は目を輝かせていた」

男は戸惑いぎみに言う。

「すまねえ。おきみの居場所を教えてくれ」

「おまえさんも、そんなにおきみに会いたいのか」

「そうじゃねえ。俺は鉄次に、その男に会いたいんだ。取り返しのつかなくなる前に、会いたいんだ」

「どういうことだ?」

傍《はた》から見れば、客引きの男が熱心に客を誘い込んでいるように見えるかもしれない。

「あの男はおきみの身請けの金を稼ぐために、よからぬことに手を染めるかもしれない。引き止めたいのだ」

「おまえさんは、あの男とはどういう関係だえ」

「赤の他人だ。ただ、いっしょに道中をしてきた仲だ」

「道中?」

ふと、男は弥八の左腕を見て、察した。

「わかった。教えてやろう。『松野楼』のおはるって妓だ。『松野楼』はすぐそこだ」

男は指さした。

「わかった。助かった」

こんなにあっさりわかるとは思わなかった。

それから四半刻（三十分）後、弥八は『松野楼』の二階のおはるの部屋に揚がった。

おはるは赤い花柄の着物で、黒髪に紅《あか》い櫛を差している。凛《りん》として、澄《す》ましているが、どこか軽薄な印象はいなめない。

この女がほんとうに、鉄次の許嫁だった女だろうかと疑問に思った。

「お客さん、寒くはないですか」

表情を変えず、気取って言う。

「ああ、だいじょうぶだ。それより、ちょっとききてえんだが」

弥八は気が急《せ》いた。

「なんですね」

冷めた目を返してきた。

「おまえさん、ほんとうの名はおきみというそうだが？」

おはるは眉根を寄せた。

「昔はそう呼ばれていたけど、それが」

長煙管《ながぎせる》に火をつけて、弥八に寄越した。

「いつからここに？」

「三年、もう四年になるかしら」

「どこに住んでいたのか教えちゃくれないか」

「どうして、お客さんに？」

「じつはおきみという女を探しているんだ。それが、おめえかどうか、確かめたいんだ。本所亀沢町の伊兵衛店に……」

「違いますよ」

弥八の声を遮《さえぎ》った。

「違う？　嘘《うそ》じゃねえな」

「どうして私が嘘を言うのさ」

「鉄次という男を知っているか」

「知らないわ」

「ほんとうか」

「ええ」

おはるは皮肉そうな笑みを浮かべ、

「お客さん、やっぱり、遊びにきたんじゃないね」

と、きいた。

「すまねえ。おきみっていう女を探しているんだ」

「どうやら人違いよ。私は上州から売られてきた身よ」

「そうか、おめえも上州か」

「あら、お客さんも？」

「そうだ。榛名山《はるなさん》の麓《ふもと》の村だ」

「近くだわ」

「そうか。近くか。といっても、俺にはもう帰る家もねえがな」

弥八は自嘲《じちょう》ぎみに言う。

「その腕の包帯はなに？」

「これか」

弥八は左腕をさすった。

「おめえの想像通りだ。入れ墨を隠している」

「なにをしたの?」

「佐渡の金山から逃げようとして捕まったんだ。その罰だ。運良く死罪にならなかったがな」

初対面の女にあっさり打ち明けた自分に、弥八は驚いた。同じ上州の人間だからだろうか。

「逃げた?」

「ああ」

弥八の脳裏を駆けめぐったものがあった。

交替で、人足小屋に帰ったときだった。

「おい、聞け。ここから逃げようじゃねえか」

坊主頭の入れ墨者の岩鉄《がんてつ》という男が言い出したのは短い夏が終わり、秋風が吹きはじめたころだった。周辺にいた者たちがざわついた。

「捕まったら死罪だ」

弥八は首を横に振った。誰もが考えるが、いざとなると尻込みをする。

「このままここにいてもいつか死ぬぜ。どうせ、死ぬなら娑婆《しゃば》を見てから死にてえ。

おい、女の肌が恋しくねえのか。女を抱きたくねえのか」

岩鉄が声を落として迫った。

「やろうじゃねえか」

最初におうじたのが時助だった。

「弥八。もう、俺たちは七年もここにいるんだ。いまだに出られねえ。いや、一生出られねえ。歳をとってもこきつかわれるか、病気になって死ぬだけだ。俺はもう一度、江戸を見てみてえ」

時助は弥八の手をとった。

「やろう。なあ、弥八。ふたりで江戸に帰ろうぜ」

「逃げられると思うか」

「捕まったら、それまでのこと。死ぬ時期が早まったっていうだけのことだ。このまじゃ、希望もねえ。俺は限界だ」

「わかったよ。よし、やろう」

弥八は時助の激しい思いに負けた。

「そうだ、そうこなくちゃ」

岩鉄がにやりとした。

「いつやるんだ?」

弥八はきいた。

「雪が降ったらだ。物音が雪に消される。雪道は歩きづらいが、追手だって同じことだ。夜中の逃亡でも雪明かりで道に迷わず港まで行ける。漁師小屋を襲い、船を奪うんだ」

「冬の海は荒れるんじゃねえのか。海を越えられるのか」

誰かがきいた。

「やるっきゃねえ。乗り越えたら自由が待っているんだ」

「あと二ヵ月ある。それまでもう少し計画を練《ね》りながら、逃げる支度をする。それまでに気取られないように仲間を集めるんだ」

あの計画を立てた日からはみな希望を持った。役人に気取られないように作業に精を出した。

確かに、あの二ヵ月間はみな生気が漲《みなぎ》っていた。希望があるということは限りない力が得られるのだとわかった。

「相川って、ずいぶん繁昌《はんじょう》しているらしいわね」

おはるの声が弥八の心を現実に戻した。

「相川を、どうして知っているんだ？」

弥八は不思議そうにきく。

「相川の遊女屋の話もあったから。江戸を選んだけど、こういうところにいたんじゃ、江戸も佐渡も変わらないわ」

「金山の職人たちは俺たちと違ってかなりの給金をもらっていた。そんな連中が相川の盛り場に金を落としたんだ。俺らみてえな水替人足はそんなところとは無縁だ」

弥八は吐き捨てた。

「そろそろ向こうに」

おはるが濡れたような目を向けた。

「いや。悪いが、きょうはそんな気がおきねえ」

体は女の肌を求めているのに、気持ちが冷めていた。

「私じゃ、気にいらないの？」

「そうじゃない。佐渡にいる仲間を思いだしちまった。自分だけ、いい思いは出来ねえ」

時助のことを考えて胸が痛んだ。俺はまがりなりにも遊廓に揚がっている。なのに時助は暗い穴底で苦役を強いられているのだ。

それを思ったら、自分だけ欲望を満たすことは出来ない。

「いずれ鉄次って男がここに来るはずだ。そしたら、神田多町一丁目にある荒物屋『福田屋』まで弥八を訪ねてきてくれと伝えてくれ」

「わかったわ」

心もとなかったが、念を押すまでもないと思った。


その夜遅く、弥八は『福田屋』の二階に帰ってきた。

主人の卯平《うへい》が部屋に入って来て、

「今夜、喜太郎さんが来たぜ」

と、伝えた。

「そうですか。何かいってましたか」

「いや、別に。明日の夜、また来るそうだ」

「へえ、わかりました。あっ、卯平さん」

出て行きかけた卯平を呼び止めた。

「なんだえ」

「へえ。卯平さんは『赤木屋』で働いていたそうですけど、『赤木屋』と佐渡奉行の本宮《もとみや》さまとはどのような関わりがありますんで」

「俺は詳しくは知らねえ。ただ、『赤木屋』の主人は本宮庄治郎《しょうじろう》さまとは佐渡奉行に赴任される前から懇意にされていたようだ」

「幸山宅次郎という御方をご存じですかえ」

「いや、知らねえな」

「そうですかえ」

「なんで、そんなことをきくんだ?」

「いや。別に、意味はねえ」

「弥八さん。俺はおまえさんが何をしようとしているのかは興味はねえ。番頭の喜太郎さんにもよけいな詮索をするなと釘を刺されているんでな」

「へえ」

「この店も、『赤木屋』の助けでなんとかやっていけている。『赤木屋』を裏切るような真似は出来ねえ。そのつもりでいてくれ」

　そう言い、卯平は出て行った。

　つまり、『赤木屋』に関わることをいろいろきいてくれるなということだろう。

弥八はふとんに横になった。とたんに雪の光景が蘇った。

「雪だ」

暗い穴の底から地上に出たとき、時助が叫ぶように言った。

雪が降っていた。

「こいつは積もりそうだ」

いよいよかねての約束通り、実行に移すことになった。口の堅い者五名が仲間になっていた。

真夜中、五人はそれぞれ厠《かわや》に行くふりをして小屋頭の目をかすめ、人足小屋を出た。見廻りの役人が去るのを待って、雪の中に踏み出し、逃亡を企てたのだ。

だが、積雪の歩行は予想以上に困難だった。雪明かりで視界が開けていたが、雪は道を隠した。

そのころから風は強く、雪も激しくなった。吹雪《ふぶき》だった。

岩鉄の誘導で、吹雪を避けるために廃屋のような建物に入った。夜が明けないうちに、港に着きたかったが、吹雪が行く手を遮ったのだ。それに、雪道は想像以上に体力を消耗させた。

未明に吹雪が収まった。疲れた体を奮《ふる》い立たせ、五人は廃屋を出た。すでに東の空が白んでいた。

いくらも歩きださないうちに、弥八は凍《こお》りついた。前方の白銀の中に黒い影が点々と見えたのだ。

地役人に包囲されていた。


そのときの衝撃を思いだして、弥八は飛び起きた。

役人に包囲されていると知ったとき、なぜ追いつかれたのかというより、死罪という言葉が脳裏を掠《かす》めた。

逃亡は呆《あっ》気《け》なく失敗に終わったのだ。

息苦しくなった。弥八は部屋を出て、梯子段をおり、台所に行った。

杓《ひしゃく》で瓶《かめ》の水を汲み、喉に流す。

今夜、喜太郎が来たという。いよいよ、実行を迫られるのか。

いっそ、青痣与力に相談しようか。『赤木屋』の裏で、見かけたとき、とっさに縋《すが》ろうとした。思い止《とど》まったのは、さすがの青痣与力の力をもってしても、この難局は乗り越えられないと思ったのだ。

背後で物音がした。

振り返ると、卯平が立っていた。

「どうした？　眠れねえのか」

「ああ、なぜか、目が冴えて」

「そうか。じゃあ、いっぱいやろうか」

「えっ、卯平さんも眠れねえのか」

「ああ、ばあさんは鼾《いびき》をかいているがな」

卯平は苦笑した。

「さあ、こっちにきねえ。ここは寒い」

「へえ」

卯平は居間に誘い、火鉢の前に座り、火箸を使って炭を熾《おこ》した。

「なあに、すぐあったかくなる」

卯平は新しい炭をくべた。

火箸を置いてから、銚釐《ちろり》に酒を入れ、燗《かん》をつける。

鬢《びん》に白髪《しらが》の目立つ卯平は五十前後か。ばあさんと言っているが、妻女は四十ぐらいだ。子どもはいないようだ。それとも、独立して、よそに居を構えているのか。

「あったまったようだ」

銚釐の酒を茶碗に入れて寄越した。

「すまねえ」

弥八は湯呑みを受け取った。

「喜太郎さんから急におまえさんを預かってくれと言われて戸惑ったぜ」

「へえ、ほんとうはしばらく『赤木屋』に下男として住み込むはずでした」

「しばらく？」

「へえ、しばらくです」

「それなのに、どうして『赤木屋』にいられなくなったんだね」

「それは……」

弥八は返答に窮《きゅう》した。

「さっきは、お互いに詮索はやめようと言いながら、こんなことを言うのもなんだが、おめえさんの抱えているものはあまりにも大きすぎるように思える。佐渡金山から帰って来たんだろう。さっき、佐渡奉行のことをきいていたからな」

「へえ」

「いや、おまえさんが何をやろうとしているのか、俺は何も口出しをするつもりはねえ。ただ」

卯平は酒を口にしてから、

「おめえを見ていると、こっちまで苦しくなる。何を悩んでいるかは知らないが、逃げ出すことは出来ねえのか。見ず知らずの場所でひっそりと生きていくことは無理なのか」

「ええ、無理なんです。友の命がかかっていやす」

弥八は胸が張り裂けそうになりながら言う。

「そうか。進むも地獄、退くも地獄か。生きていくってのはつれえものだ。同じ地獄なら、どっちがまだましか、か」

卯平は溜め息をついた。

「すみません。卯平さんにまで心配かけて」

「なあに、そんなことは構わねえ」

「卯平さん、ひとつきいていいかえ」

「なんだ？」

「子どもはいなさるのか」

「いや、いねえ」

「そうなのか。じゃあ、おかみさんとふたりきりか」

「うむ。かみさんと言っても……」

卯平は言い出した。

「なんですかえ。卯平さん、教えてくださいな」

「どうしてだろうな。おめえさんの顔を見ているとなんでも話してもいいような気がしてしまう。たぶん、おめえさんがあまりに苦悩に満ちた顔をしているからかもしれねえな」

卯平は痛ましそうに弥八の顔を見た。

「俺は若い頃からずっと『赤木屋』で、下働きをやって来た。先代のときからだ。そんな男が今の旦那に小さいながら店を持たしてもらったんだ」

「旦那に信用されていたんですねえ」

「ああ、信用されていた。だが、それだけじゃ、こんな厚遇をしてくれるわけはねえ。かみさんだよ」

「かみさん？」

「あの女は先代の妾だったんだ」

「妾？」

「ああ、遊女上がりさ。気に入って身請けをしたものの、病気になっちまうと、お払い箱だ。だが、旦那は哀《あわ》れんで、俺と所帯を持たせ、ここに店を構えさせてくれたってわけだ。金持ちのやることは、冷たいのか人情味があるのかわからねえ。まあ、そうやって所帯を持ったのは五年前だ」

「そうだったんですかえ。ひょっとして、旦那は新しい妾を？」

「その後、また、妾を持ったが、今はいねえ」

「その妾は？」

「まあ、いいじゃねえか。旦那のことなど」

「へえ」

「そういうわけで、俺たちは夫婦っていったって、まだ五年だ。年取ってからの五年だから、子どもなんて出来るわけはねえ。それどころか、夫婦の情愛があるのかさえ疑問だ。どうだえ、もういっぱいいくか」

「へえ、いただきます」

弥八は湯呑みを差し出す。

「なあ、弥八さん」

卯平は酒を注いでから、

「もし、いまのことがうまく片付いたら、この店をやってみないか」

「えっ？」

「こんな店だが、そこそこ食っていくことは出来る。おめえさんなら、もっと繁昌させることが出来るかもしれねえ」

「いや、俺みてえなこんなごつい顔つきの人間が商いなんてふさわしくはありません」

「人間なんてのはな、その商売に合う顔になっていくものだ。そんなことは気にしなくていい」

「ありがてえ話です。でも、あっしには目の前にとんでもねえものが立ちはだかっておりやす。それを乗り切ったとしても、その先になにがあるのか」

「まあ、頭に入れておいてくれればいい」

「へい」

「さあ。もう、夜もだいぶ更けた。いいかえ、喜太郎さんには内証だぜ」

　そう言って、卯平は立ち上がった。

　卯平の誘いは涙の出るくらいにうれしかったが、それを受け入れることはほとんど不可能だ。弥八はやりきれない思いで二階に戻り、寝床に入った。

四

数日後の昼間、剣一郎は文七の案内で、永代橋《えいたいばし》を渡り、深川の熊井町《くまいちょう》にやって来た。

大川《おおかわ》の河口に面し、かなたに富士が望める景色のいいところだ。その一角に、山吹吉五郎が囲っている妾の家があった。

黒板塀に見越しの松。いかにも妾宅らしい造りの洒落《しゃれ》た家だった。

陽射しはあるが、川風は身を切るように冷たい。

「女はおあかという名で、二十三、四歳です。ちょっと寂しそうな顔をした美しい女です。山吹吉五郎はだいたい四日に一度はやって来て、遅くまで過ごしているようです」

剣一郎は妾宅の周囲をまわった。かなり、庭も広そうだ。

「庭師にそれとなくきいたのですが、大きな御影石《みかげいし》が庭に置かれ、池には立派な錦鯉《にしきごい》が泳いでいるということです。それから、母屋は総檜《ひのき》造りだそうです」

「近所の者は誰の妾かは知らないのだな」

「ええ、知りません。酒屋、米屋、炭屋などを当たりましたが、みなはどこかの大名の御留守居《おるすい》役ぐらいに思っているようです。山吹さまは途中で頭巾《ずきん》をかぶって家に行きますので、だれも顔を見たものはおりません」

「用心しているな」

妾を囲っていることが事実だったことに、剣一郎は衝撃を隠せなかった。それだけの家を手に入れ、妾を囲うだけの金をどうやって工面したのか。当然、そのことに注意が向かう。

どうしても、石川島の人足寄場の金の問題との関係が疑われる。

「おあかは元は何をやっていた女だ?」

「わかりません。近所の人間もほとんど妾のことを知りません」

「そうか」

「一度、小間物の行商に化けておあかに接触してみるつもりです」

「頼んだ」

剣一郎は妾の家から離れた。

与力の収入だけでは、妾にあれだけの暮らしをさせることは不可能だ。与力の禄《ろく》以外にも収入があると考えるべきだ。

しかし、だからといって、人足寄場の金に手をつけているということにはならない。他に、何か収入の手立てがあるのかもしれない。

だが、剣一郎は気が重かった。宇野清左衛門の屋敷に投げ込まれた文の内容に信憑性が出てきた。

剣一郎が永代橋を渡った頃に、風が強まった。数日前に降った雪は日陰にまだ残っている。

からから天気ではないが、この強風は気になる。

永代橋を渡ってから、文七と別れ、剣一郎は奉行所に戻った。

すぐに宇野清左衛門のところに行った。

「向こうに」

年番方には同心もいて、事務をとっており、彼らの耳を気にして、清左衛門は隣の部屋に誘った。

差し向かいになるなり、

「何かわかったか」

と、清左衛門は待ちかねたようにきいた。

「はい。文にあるとおりでした。山吹吉五郎は熊井町一丁目に妾を囲っておりました。妾宅は黒板塀に見越しの松、母屋は総檜造り。庭が広く、大きな御影石が置かれ、池には立派な錦鯉が泳いでいるとのこと」

「なんたることを」

清左衛門は頬《ほお》を震わせた。

「少なくとも、なんらかの手立てにより、別途収入を得ているのは間違いありません」

「うむ。今、作田新兵衛《さくたしんべえ》に人足寄場を探らせている」

作田新兵衛は隠密《おんみつ》廻り同心であり、乞食《こじき》、托鉢僧《たくはっそう》、六部《ろくぶ》に化けたり、また中間に化けて大名・旗本屋敷にも潜入するなど、あらゆる職業の人間に変装し、事件を探索する。

奉行所が人足寄場の内実を調べていることが、山吹吉五郎らに悟《さと》られたら、証拠隠滅を図られる恐れもあり、新兵衛の探索が適任だと思われた。

「青柳どの。いかが進めたらよいかのう」

「まず、人足寄場に不正があるかどうかをはっきりさせるべきでしょう。不正がわかったとしても、山吹どのひとりで行なえるものではありません。場合によっては、寄場奉行にまで累《るい》が及ぶかもしれません。それまで、山吹どののことはそのままに」

「その間、どういう経緯で山吹どのが今の妾を囲うようになったのか、秘かに調べてみます」

「うむ」

「頼んだ」

清左衛門は厳しい顔をした。

「ところで、例の不審者はまだ見つからぬ。きょうは、また強風が吹いてきた。今夜も警戒を厳しくするように指示した」

不審者は日本橋、神田周辺で不審な行動をくり返していたが、剣一郎は不審者の目的がわからない。

火を付け、火事を起こすことが狙いなのか、あるいは火事騒ぎに便乗して金を盗むことが目的なのか。

しかし、挙動不審な男は二度も見つかっている。そのことが解せない。わざと、姿を見せつけたのではないのか。

やはり、こっちの目をごまかすための偽装ではないか。剣一郎はどうしてもそうとしか思えない。

そうだとしたら、狙うのは日本橋、神田周辺以外ということになる。それはどこか。わからないが、そのことに注意をしておくべきだと考えた。

剣一郎は清左衛門と別れ、与力部屋に戻った。

風烈廻り同心の礒島源太郎と大信田新吾はすでに町廻りに出ていた。風はますます強くなっていくようだった。


その夜、剣一郎は奉行所を出てから一石橋《いっこくばし》を渡り、お濠端を歩いた。突風が埃を舞い上げ、しばし行く手を阻《はば》む。

各町の自身番の前には町方が立ち番をし、怪しい人物や不審な荷物を持っているものに声をかけ、万全な態勢をとっている。

剣一郎は町方の会釈を受けて、日本橋本町一丁目に入った。そこで、定町廻り同心の植村京之進《うえむらきょうのしん》の居場所をきくと、須田町《すだちょう》だと教えられた。

剣一郎はそこに向かう。しばらくして、『赤木屋』の土蔵が見えてきた。その瞬間、弥八に似た男のことを思いだした。

挙動が怪しいのでやめてもらったと番頭が言っていたが、剣一郎に気づかれたと察して逃げた。そうとしか考えられなかった。

だが、だからといって、探索を続けるまでの疑いがあるわけではなかった。それに弥八であるはずはない。弥八はいまも、佐渡金山に送られたままのはずだった。

『赤木屋』の前を素通りし、本町通りをまっすぐ歩く。

横丁から鳶の者たちが現われ、剣一郎に挨拶をする。その後も見廻りの町の衆や町方などとすれ違い、須田町の自身番でこの界隈を受け持っている植村京之進と会った。

「青柳さま」

京之進が会釈をした。

「ごくろう。風は収まりそうもないな。どうだ?」

「はい。今のところ、怪しい者は見当たりません。これだけの警戒の目をかいくぐっての火付けは難しいかと思いますが、万が一、見逃す恐れもあり、町内の見廻りも続けております」

「そのことだが、気になることがある」

「はい。宇野さまからお聞きしました。こっちの火付けはわれわれの目をごまかす偽装ではないかというお考えですね」

「そうだ」

「じつは、そう指摘されてから見張りを続けていくうちに、私もだんだんそうではないかと思いはじめてきました」

京之進は困惑した顔つきで、

「しかし、そうなるとどこが狙いか見当がつきませぬ」

と、嘆息した。

「それぞれの持ち場を警戒してもらうしかない。ただ、まったくここから遠く離れた場所ではないように思える」

「と、仰《おつしや》いますと？」

「いや、まだ、考えがまとまっているわけではないが、やはり、賊の真の狙いがこの界隈にあるように思えてならない。こっちが偽装だと思わせて、じつはという……」

だが、これは剣一郎の考えすぎかもしれなかった。だが、もし、この近くで押込みがあった場合には、自分の考えが正しいことになる。剣一郎はそう思った。

「もし、わしの考えが正しいなら、神田川《かんだがわ》の向こうだ。下谷、湯島《ゆしま》、池之端《いけのはた》辺りで、押込みがあるやも知れぬ」

「わかりました。こっちの人数を割き、そっちにやりましょう」

「しかし、私の勘に過ぎない」

「いいえ、青柳さまの勘が外れたことはございません。私もそっちに応援にでます」

「よく言ってくれた。だが、あくまでもこっちが本命だ。そなたはここから外れるわけにはいくまい。下谷のほうは只野平四郎《ただのへいしろう》とわしとで見廻ろう」

只野平四郎は下谷、湯島、池之端界隈を受け持っている定町廻り同心だった。こちらの応援のために見廻りに駆けつけている。

「わかりました。すぐ、平四郎を探しに行かせます」

只野平四郎は以前は風烈廻りの同心で、剣一郎の下にいた男だ。剣一郎の尽力もあって、定町廻り同心に抜擢《ばってき》されたのである。

奉行所の小者が平四郎を連れて戻ってきた。

「平四郎。そなたは青柳さまと共に下谷界隈を見守ってもらいたい。じつは、こういうわけだ」

と、京之進が説明した。

聞きながら、平四郎が興奮してきたことがわかった。

「わかりました。青柳さまの下知に従います」

平四郎は畏まって答えた。

「よし、平四郎。久し振りにいっしょに町廻りだ」

剣一郎が声をかけた。

「はい」

平四郎は弾んだ声を出した。

「平四郎。青柳さまといっしょに仕事が出来るのがそんなにうれしいか」

京之進は苦笑しながら言う。

「はい。もちろんです」

奉行所の中で、若い与力や同心のほとんどは青痣与力に対して畏敬の念を抱いている。その中でも特に京之進が心酔しているが、この平四郎も京之進には負けてはいなかった。

「では、さっそく」

剣一郎は平四郎の配下の岡っ引きや小者たちと共に筋違御門を抜けて御成道《おなりみち》に入った。

そして、各町内の自身番に寄って注意を促し、木戸番には町廻りに気をつけるように言った。

だが、そうやって各町の自身番に寄り、この一帯をまわっていたが、その監視の目をかいくぐって、押込みが発生した。

しかし、剣一郎たちが気づいたのはすでに明け方になり、明け六つ（午前六時）の鐘が鳴り終わった頃のことだった。

途中、自身番で少しだけ仮眠をとったもののほとんど徹夜で見廻りを続け、何ごともなく過ぎたと安心しながら上野新黒門町《うえのしんくろもんちょう》に差しかかったとき、薬種屋『金峰堂《きんぽうどう》』の大戸の脇の潜《くぐ》り戸を開け、後ろ手に縛《しば》られた小僧が飛び出してきた。

「どうしたんだ?」

剣一郎は抱き止め、猿《さる》ぐつわを外し、縄《なわ》を解いてやった。

「押込みです」

寒さと恐怖とで、小僧はがたがた震えていた。

「誰か怪我をしたものは?」

「わかりません。私は手足も結《ゆ》わかれて台所で寝ころんでいました。賊が引き上げてから、やっと足の縄をほどいて逃げてきました」

「賊は明け方までいたのか」

「はい」

「よし。自身番に行け。店の者のことは心配するな」

小者に小僧を自身番に届けさせ、平四郎を呼んで来るように言い、剣一郎は薬種屋『金峰堂』の土間に入った。

奥の広間に、何人もの男女が猿ぐつわをはめられ、手足を縛られて固まっていた。

剣一郎は小柄《こづか》を使い、全員の縄を切った。

「これで全員か。怪我人はいるか」

剣一郎はまだ身を強張《こわば》らせている一同に声をかけた。

「小僧以外はみな揃《そろ》っています」

そう話したのは、四十過ぎと思える男だった。

「主人か」

「はい。徳兵衛《とくべえ》と申します」

「詳しく話してもらおう」

「番頭さん」

徳兵衛は横にいた小肥りの男に目を向けた。

「はい」

小肥りの男が口を開いた。

「昨夜、寝入り端《ばな》、表の戸を叩く者がおりました。私が出て行って覗《のぞ》き窓から外を見ると、頭巾をした女が立っていて、急病なので薬を売って欲しいと訴えるのです。外は寒そうでしたので、ともかく戸を開けて中に入れてやりました。そのとたん、黒装束の男が何人も押し込んで来たのでございます」

　番頭は身を震わせてから、

「中のひとりが手に火縄を持っていました。静かにしないと火を放つと威《おど》し、店の者を全員一ヵ所に集めろと」

「私はもうふとんに入っていましたが、いきなり襖《ふすま》が開いて賊が押し込んで来たのです」

　主人の徳兵衛は番頭の話を引き取った。

「広間に全員が集められ、みな縛られました。土蔵の鍵《かぎ》を出さないと、火を放つと……。賊は土蔵から金を奪ったあとも居座り、やっと引き上げたのは朝になってからでした」

　賊は町木戸の開く明け六つを待って逃げたのだ。

「賊は七百両もらったと言っていました。土蔵を調べてみないとわかりませんが、おそらく七百両なくなっていると思います」

「失礼します」

　番頭が立ち上がって急いで部屋を出て行った。土蔵に確かめに行ったのだろう。

　やがて、番頭が戻ってきた。

「旦那さま。やはり、七百両がなくなっていました」

「そうか」

徳兵衛は落胆して言う。

「賊の特徴を何か覚えていないか」

「明かりもなく、暗い中なので顔はわかりません。頬被《かぶ》りもしていたし」

「女はどうだ？」

剣一郎は番頭にきく。

「防寒用の頭巾をかぶっていて、中に入ったときも俯《うつむ》いていました。ですから、顔を見ていません。ただ、声の感じから二十半ばか三十ぐらいかと」

「あの」

女中のひとりが遠慮がちに口を開いた。

「あまり役に立たないかもしれませんが」

「なんでもいい。聞かせてもらおう」

「はい。私を縛った男は、縄を締められたとき痛いって言ったら、すまねえと言って少し縄目を緩《ゆる》めてくれました」

「なに、すまねえと」

「はい。その男の左腕には黒っぽい布が巻かれていました」

「なに、左腕に黒っぽい布……」

入れ墨を隠しているのかと思った。

そのとき、表のほうが騒がしくなった。ようやく、只野平四郎がやって来たのだった。

五

日が暮れて、一段と寒くなり、辺りも暗くなった。

意気込んで、根津遊廓の『松野楼』の前にやって来たものの、鉄次は急に怖《お》じ気《け》づいた。おきみに会うのが怖くなった。

おきみはおはるという名で客をとって三年だ。『吉羽屋』の女将の言葉が今になって重く胸を圧迫しだした。

──会ったってお互いが辛くなるだけじゃないか。もう三年も経っているんだ。泥水を呑んで一年も経てばすっかり馴染んでしまうものさ。もう、昔のおきみじゃないよ。

会わずに後悔するより、会って後悔するほうがましだと、あのときは思ったが、いざおきみと会えると思うと、体が硬直してしまった。

どうした、おきみがいるんだ。早く、会いに行け。そういう声がする一方で、おきみはもう昔のおきみじゃねえ。泥水に首までつかり、すれっからしの女になっているぜ。そんな姿を見るより、なまじ会わねえほうがいい。と、否定するような声も聞こえる。

そんなことはねえ。泥水を呑もうが、おきみが変わるはずはねえ。体は汚れても心はきれいなままだ。体の汚れなんて洗えば落ちる。ばか言え、いろいろな男の味を覚え、おきみはもう違う女になっちまっている。よせ、会うんじゃねえ。傷つくだけだ。

自分の心の中はふたつの思いで葛藤《かっとう》していた。

(怖い)

鉄次は呻いた。

もし、おきみが別人になっていたらと思うと、気が狂いそうになる。

懐《ふところ》にはゆうべの分け前の五両がある。金が手に入ったら、『松野楼』に揚がる気でいた。その金が手に入ったというのに……。

「兄さん、どうぞ」

客引きが声をかけてきた。

「いや、また来る」

鉄次は逃げるようにその場を離れた。

安女郎のいる見世が並ぶ裏通りに入り、『湊家』に向かった。

どの店先でも、女たちが客を呼んでいる。その呼び声を聞き流して『湊家』に行くと、おひさが土間から飛び出してきた。

「来てくれたんだね」

「ああ」

「さあ、入って」

鉄次の手をとり、土間に引き入れた。

二階の小部屋に上がる。

「うれしいわ。ほんとうに来てくれるとは思わなかったから。いま、お酒、持ってくるわね」

おひさはうきうきして部屋を出て行った。

鉄次は窓を開けた。外は夜の帳《とばり》が下り、暗くなっている。すぐ向こうに、遊廓の建物の裏側が見える。

「お待ちどおさま」

おひさが戻ってきた。

「外見たって見えるのは遊廓の建物だけ。味気ないでしょう。せめて、権現さんでも見えてくれればねえ」

鉄次は雨戸を閉めてから、

「見える遊廓はどこだえ」

と、何気なくきいた。

『松野楼』よ」

「…………」

息が詰まりそうになった。おきみのことを一時でも忘れようとしてここに来たというのに、よりによって目の前の建物におきみがいるのだ。

胸をかきむしりたい衝動に、思わず呻き声を発した。

「鉄次さん、どうかしたの？」

おひさが声をかけた。

「鉄次さん」

何度か呼びかけられ、やっと鉄次はおひさの声に気づいた。

「どうしたのさ」

「なんでもねえ」

「顔が真《ま》っ青《さお》よ」

「いや……」

鉄次は部屋の真ん中に座り、勝手に湯呑みに酒を注いでいっきに喉に流し込んだ。

「辛そうね」

おひさがぽつりと言った。

「おきみさんのことを思いだしたのね。まさか、おきみさんの居所がわかったの？ひょっとして、『松野楼』に？」

「おはるって名で出ているらしい」

「そう。でも、どうしてここに来たのさ。せっかく、居所がわかったって言うのに」

「前まで行ったんだ。だが、急に怖くなった」

「怖い？」

「おきみはすっかり変わっちまっているんじゃないかと思ってな。会うんじゃなかったってことになりはしないかと思ってな」

「どうしてさ。どうして、おきみさんが変わっちまったって決めつけるのさ。おきみさんは今でも鉄次さんのことを待っているわ」

「そんな気休めはよしてくれ」

「気休めじゃないわ。私を見て。そんなふしだらな女に見えて？　そりゃ、私はお客さんにはお愛想を言い、媚《こ》びたりするわ。でも、それはここで生きるため。私の心は変わってないわ」

おひさは鉄次の膝を揺り動かして、

「鉄次さん、会ってきなさいな」

と、勧めた。

「おきみさんも待っているわ。そうよ、ほんとうはおきみさんだって鉄次さんが探しに来てくれることを望んでいるはずよ」

「でも、おきみは……」

「なに言っているの。会いもしないで、決めつけて。あんとき、会っておけばよかったって後悔しても遅いのよ」

鉄次ははっとした。そうだ。おきみは俺を待っている。そうに違いねえ。鉄次の目が輝いた。

「さあ、すぐに行って」

「ちょっと待て」

鉄次は思い止まった。

「まだ、迷っているの」

おひさは怒ったように言う。

「そうじゃねえ。おひささんに迷惑がかかってしまう。揚がったばかりの客をすぐ帰してしまったら」

「気にしなくていいわ。うまくやるから」

「なぜ、そんなにまでして？」

「おきみさんの気持ちがわかるからよ。おきみさんに希望を持たせてやりたい。私に代わって……」

「おひささん。すまねえ」

鉄次は頭を下げてから、急いで巾着《きんちゃく》を取り出した。

「これ」

「いいのよ」

「これで、店のほうにうまく話してくれ。それから、これはおひささんに」

鉄次は巾着の中から一分金を四つ取り出した。一両だ。

「どうしたの、このお金？」

「心配いらねえ。稼いだんだ。とっておいてくれ。礼だ」

「…………」

おひさは心配そうな顔をした。

「悪い金じゃねえ」

鉄次は心が痛んだ。ゆうべの押込みで盗んだ金の分け前だとは口が裂けても言えない。

「ありがとう」

おひさが微笑んだ。

鉄次はほっとして部屋を出た。

「頑張ってね」

おひさに見送られ、鉄次は『松野楼』に向かった。

『松野楼』の前にさっきの客引きの男がいた。

「すまねえな、おはるって妓がいるな」

鉄次は緊張から声が強張った。

ている。

「おはるさんだね。いるぜ。あれはいい妓だ。さあ、入ってくれ」

客引きの男は鉄次を『松野楼』の土間に連れてきた。籬《まがき》の中に、遊女が客待ちをしている。

客引きの男は遣《や》り手婆《てばあ》さんに何か言ってから土間を出て行った。

「おはるさんだね。すぐに案内するよ」

遣り手はひとりの女を呼んできた。

鉄次は遣り手に声をかけた。

「俺が呼んだのはおはるさんだ」

「おはるだよ」

「えっ、違う。おきみじゃねえ」

思わず、鉄次は声を上げた。

すると、おはるが近寄ってきて、

「おまえさん、ひょっとして鉄次さんかえ」

「え、どうして俺の名を?」

「やっぱり、そうなんだね」

「お客さん。どうするんだね。揚がるのかえ、揚がらないのかえ」

遣り手婆さんがしかめっ面《つら》できいた。

「揚がらせてもらう」

鉄次はなぜ自分の名を知っているのかが気になった。おきみから何か聞いているのかもしれないと思った。

足を濯《すす》ぎ、鉄次は梯子《はしご》段を上がった。二階は長い廊下が続き、部屋がいくつもあった。

そのうちのひとつの部屋に入った。

『湊家』のおひさの部屋とは比べ物にならない。広くてきれいで、調度品もまともだ。鏡台もきれいに黒光りしている。

「さあ、お座りになって」

鉄次は腰を下ろすなり、

「おきみを知っているのか。教えてくれ。俺のことをおきみからきいたのか」

と、唾《つば》を飛ばしてきいた。

「ごめんなさい」

おはるは頭を下げた。

「何を謝るんだ？」

「おきみさんのことは知りません」

「知らない？　じゃあ、どうして俺の名を？」

鉄次は呆気《あっけ》にとられた。

「弥八さんから聞きました」

「弥八さん？　弥八さんって、佐渡からの……」

「ええ、佐渡金山で働いていたひとよ」

「どうして、弥八さんがここに？」

「鉄次さんのことが気になって長屋に会いに行ったそうよ。おきみさんのことをきいて、私がてっきりおきみさんだと思って会いにきたわ。鉄次さんが来たら、伝えて欲しいって言伝《ことづ》けを頼まれたわ。神田多町一丁目にある荒物屋『福田屋』まで弥八を訪ねて来てくれと」

「弥八さんは元気だったか」

「ええ。でも、何だかとても辛そうだったわ。何か大きなものを抱えているようね」

おはるはいたましそうに言う。

「大きなもの？」

「ええ。何かわからないけど、とんでもない窮地に追い詰められているような気がするわ。そんな中でも、鉄次さんの心配をしていたわ」

「俺の心配……」

「ええ、心配していたわ。でも、あなたを見て、その心配がよくわかる」

おはるは真顔になった。

「どういうことだ？」

「あなたは思い詰めたらなんでもやりそう。おきみさんを身請けするためならどんなことでもしそうだもの。弥八さんもそのことを考えたんじゃないかしら」

「…………」

弥八の危惧《きぐ》は当たっていた。

ゆうべ、とうとう押込みに入った。

上野新黒門町にある薬種屋『金峰堂』に押し入った。

小金井の太市をかしらとして七人で押し入った。最初から実行する日は強風の吹き荒れた日と決めていた。

ゆうべは昼間から強風が吹き荒れていた。防寒用の頭巾をかぶったおはつが『金峰堂』の戸をあけさせ、おはつが潜り戸に入ったあとに続けて雪崩《なだれ》を打ったように土間に押し入った。

十蔵が火縄と油の染《し》みついた布を持って店の人間を威し、全員を一ヵ所に集めて縛り上げた。

鉄次も女中ら何人かを縛った。土蔵の鍵を出させ、七百両を奪った手口は見事だった。そして、明け方まで居すわった。

着替えを済ませ、ふつうの姿になって、平然と町中を歩いて福井町の『小金屋』に引き上げたのだ。

ついに悪事に手を染めてしまった。弥八はこのことを恐れたのかもしれない。

弥八さん。遅かったぜ。もう、手遅れだ。鉄次はやりきれないような溜め息をついた。ただ、救いはひとを殺さなかったことだ。

小金井の太市は抵抗する者、騒ぐ者は遠慮なく殺《や》れと言っていた。十蔵や利助は匕首《あい》《くち》の扱いに馴《な》れていた。ひとを殺したことがある。そんな無気味《ぶきみ》な雰囲気を持っていた。

奪った七百両のうち、ほとんどはおはつが預かった。派手に使うことを禁じられていたが、当座の小遣いとして五両ずつくれた。

しかし、ゆうべの押込みは小手調べだった。おかしらの太市のほんとうの狙いは別にあるのだ。もっと大店《おおだな》だ。その準備は着々と進んでいるようだった。

「鉄次さん。弥八さんを訪ねてね」

おはるの声に、我に返った。

「わかった」

どこか気のない返事をしていた。

根津から浅草福井町一丁目に帰る途中、まだ町木戸の閉まる時間には間があるので、筋違橋を渡って神田多町一丁目に向かった。

弥八に会うつもりはなかったが、おはるの言伝てが偽《いつわ》りではないか確かめたかった。

夜が更けて、すっかり人通りの絶えた通りの左右を見ながら歩いていると、荒物屋の『福田屋』の小さな看板を見つけた。

ここに弥八がいるのかと懐かしくなったが、押込みの一味に加わった身では会うことは出来ない。

鉄次はその場から逃げるように足早に去って行った。

第三章　左の腕

一

日増しに陽射しは弱く、寒さが厳しくなった。特に、朝晩の冷え込みはさらに厳しい。それでも陽射しに当たれば暖かさを感じる。

剣一郎は上野新黒門町の薬種屋『金峰堂』に向かった。

きのう一日、平四郎たちは逃亡した賊の目撃者探しに奔走《ほんそう》した。

木戸番や棒手振りの商人、朝の早い豆腐《とうふ》屋などをきいてまわったが、怪しい人間は見ていなかった。ただ、朝早くから歩いていた人間を何人か見かけたということだった。

賊はふつうの着物に着替え、明るくなった町中を平然と去って行った。だから、誰も怪しみ、気にしている人間はいなかったのだ。

つまり、手掛かりはあまりない。わかっているのは一味は七名で、うちひとりが女だということだ。そのほかのことはわかっていない。

そんな中で、剣一郎が気になったのは女中の言葉だ。

「私を縛った男は、縄を締めたとき痛いって言ったら、すまねえと言って少し縄目を緩めてくれました。男の左腕に黒っぽい布が巻かれていました」

男の左腕に入れ墨があったのではないか。そのことで、確かめたいことがあった。

『金峰堂』に着いた。きょうは店を開いていた。土間に入ると、平四郎が手札を与えている岡っ引きが奉公人から事情をきいていた。

「青柳さま」

岡っ引きが気づいて会釈をする。

「平四郎は来ているのか」

「へい。奥におります」

剣一郎は番頭に向かい、

「すまぬが、奥に通してもらう」

と言い、店の脇を奥に向かった。

平四郎が奉公人に事情をきいていた。

「ごくろう」

剣一郎は平四郎に声をかけた。

「何かわかったか」

「出入りの商人は、皆、顔なじみばかりだということです。やはり、客としてやって来た可能性が高いようです」

賊は事前に『金峰堂』の様子を探っていたと思われる。奉公人の数などを摑んでいたから、安心して明け方まで居すわっていられたのだ。

酒屋や米屋、炭屋などの商人を装《よそお》ったか、あるいは何度か客としてやって来て調べたか。そうだとすると、奉公人の印象に残った人間がいるはず。そういうことから、改めて奉公人から事情をきいているのだ。

「客かもしれぬな」

剣一郎は呟いてから、

「この前の女中にもう一度確かめたいことがあるのだ」

と、平四郎に言う。

「黒っぽい布の男の件ですね」

「そうだ」

黒っぽい布から前科者ではないかという推測がなされたが、それだけではその人間を特定出来ない。

「何か」

「入れ墨の位置を確かめたいのだ」

「位置ですか。わかりました。女中を呼んできます」

平四郎はそばにいた若い女中に声をかけ、呼びに行かせた。

すぐに目当ての女中がやって来た。

「もう一度、教えてもらいたい」

と、剣一郎は切り出した。

「そなたを縛った男の左腕に黒っぽい布が巻いてあったということだが、腕のどのあたりに巻いてあったな」

「このへんです」

女中は自分の腕を出して肘《ひじ》より上と下の部分をさすった。

「なに、肘の上側と下側か」

剣一郎はさらにきく。

「年格好はわかるか」

「声の様子からは若かったようにおもいますが、でも、二十半ばよりは上のような気が。お店の手代さんと比べた印象ですが」

「もし、その男と会ったら、そのときの男かどうかわかるか」

「いえ、顔を見ただけではわかりません」

「そうか。わかった。ごくろう」

女中が去ったあと、

「青柳さま。肘の上側だとすると牢屋敷ではありませんね」

と、平四郎が厳しい表情できいた。

「佐渡帰りかもしれぬ」

「佐渡帰りですか」

剣一郎は弥八のことから佐渡を連想したのだ。佐渡送りで入れ墨をされる。サの字の入れ墨が肘の少し上辺りに入れられる。ただ、弥八は佐渡にいるはずだ。許されたとはきいたことがない。

それに、女中の受けた印象からも、弥八よりは若い男のようだ。

いずれにしろ、入れ墨を隠すために布を巻いていた可能性は高い。

「平四郎」

「はっ」

「長い期間佐渡金山にいたとしたら、女に飢《う》えているかもしれぬ。金が手に入ったら女を求めてどこかに繰り出す可能性は高い。岡場所を当たるのだ」

「わかりました」

剣一郎は平四郎と別れ、

「邪魔《じやま》をした」

と、番頭にも挨拶をして外に出た。

剣一郎は奉行所に向かった。最近、佐渡から帰った人間がいるのか、調べてみる必要があると思った。

須田町から本町に差しかかったとき、植村京之進がかなたを横切るのが見えた。

一昨日の夜、この界隈では何ごとも起きなかった。この界隈で、火付けを思わす不審な行動をとったのは『金峰堂』に押し入った賊の一味の可能性が高い。

しかし、一昨日の押込みならば、何もあのような詭計《きけい》をめぐらす必要はないはずだ。だとしたら、『金峰堂』の押込みそのものも詭計の一環かもしれない。

剣一郎はかねてからの疑いをますます強くした。

剣一郎は奉行所に戻って、すぐに宇野清左衛門と会った。

「青柳どのの恐れが当たった。さすが、青柳どのだ」

清左衛門が感歎した。

「いえ、防げなければなんにもなりませぬ」

剣一郎は首を横に振る。

「いや。次に繋《つな》がる。次回は先手を打てる。そうではないか」

「はい。二度と、押込みをさせぬつもりです」

「うむ。頼みましたぞ」

清左衛門は縋《すが》るように言う。

「宇野さま。お願いがございます」

「何か」

「最近、佐渡金山の水替人足で放免となり、江戸に帰ったものがいるかどうかお調べ願えませぬか」

「佐渡から？」

清左衛門は不審そうな顔をした。

「はい。『金峰堂』の女中が言うには、賊のひとりが左腕の肘の辺りに布を巻いていたそうです。肘の上ということなので、もしかしたら佐渡での入れ墨ではないかと」

「佐渡帰りか」

清左衛門は顔をしかめた。

「わかった。佐渡奉行所江戸詰の手代に問い合わせてみよう」

江戸詰の手代が江戸で駆り集めた無宿人の、佐渡までの護送の宰領をする。

「お願いいたします」

「しかし、佐渡帰りが絡んでいるのだろうか」

「わかりません。が、他にもちょっと気になることがありまして」

弥八に似た男のことだ。

「それから、石川島の人足寄場の不正の調べだが、新兵衛は苦戦しているようだ」

「苦戦？」

「うむ。なかなか不正の事実が掴めないらしい」

「そうですか」

「無理もない。寄場に乗り込んで強制的に帳簿を調べたりすればいいのだが、今の段階ではそれは出来ない。したがって、寄場元締役や寄場下役の者たちに接触して聞き出すという迂遠《うえん》な手段しかないのだ」

「なるほど」

不正があれば、寄場奉行配下の者と山吹吉五郎がいっしょになってやっているはずだ。その者の中にも派手な暮らしをしている人間がいるかもしれない。そこから調べなければならない。へたに動いて気づかれたら、証拠を隠されてしまう恐れもある。新兵衛の苦労も察せられる。

「山吹吉五郎が妾を囲っている事実が明らかになったなら、思い切って山吹を問いただしてもよいかもしれぬが」

「もうしばらく調べてみます。妾の女とどこで出会い、どういうきっかけで囲うようになったのか、そこまでわかれば、山吹どのも言い逃れが出来ないと思います」

「そうだの。そのようにいたそう」

「はっ。では、私はこれで」

剣一郎は下がった。

昼下がり、剣一郎は奉行所を出てから永代橋を渡った。橋を往来する人間は多い。橋の真ん中辺りで欄干《らんかん》に寄って冠雪した富士を眺《なが》めている人間がたくさんいた。

ここから眺める富士と海の風景は絶景だ。冬場は空もきれいで、富士がよく見える。剣一郎も思わず見惚《みと》れそうになったが、先を急がねばならなかった。

永代橋を渡り、熊井町にやって来た。

山吹吉五郎の妾の家にやって来ると、すっと文七が近付いてきた。

「女はきょうはまだ出て来ていません」

「そうか。一度見てみたいのだが、なかなか機会がないな」

剣一郎は顔をしかめた。

「女の素性がわかれば、山吹どのがどこで女と知り合ったか、想像が出来るのだが」

「訪れる人間もいませんか」

「ほとんど外に出ず、訪れる人間もいないのか」

「はい」

剣一郎は女の気持ちを考えてみた。今の境遇に満足しているのか、逆に絶望しているのか。

いや、いくら山吹吉五郎といっしょにいるということだけで仕合わせと感じていようが、気晴らしに外出したりするだろう。

ここから富ヶ岡八幡《とみおかはちまん》も近く、参拝にだって行くのではないか。それさえもしないのはなぜか。病気ではないとしたら、女は今の運命に絶望しているのではないか。

そんなことを考えながら、剣一郎は人目につかない場所から黒板塀に見越しの松のある家を見ていた。

冬の日は短く、辺りは薄暗くなってきた。足元から冷気が押し寄せてくる。

「青柳さま」

文七が声を出した。永代橋のほうからひとりの武士がやってくる。頭巾をかぶっているので顔はわからないが、背格好から山吹吉五郎だとわかった。

吉五郎は黒板塀の家に向かった。近くまで来ると立ち止まり、後ろを振り返ってから小さな門を開けた。

やがて、格子戸の開く音がした。

暮六つの鐘がなりはじめた。夜の帳《とばり》が下り、辺りは闇《やみ》に包まれた。

「文七。忍び込んでくれ」

剣一郎はふたりの親密さがどの程度のものか知りたかった。

「わかりました」

着物の裾をつまみ、文七は妾の家の門に近付いた。そして、静かに門を開け、さっと身を中に入れた。

庭からまわるのだろう。あとは、文七に任せるしかなかった。

半刻（一時間）近く経って、門から文七が出て来た。

「どうであった？」

「山吹さまのほうは饒舌《じようぜつ》ですが、女のほうは口数が少なく、何ごとにもはい、はいと頷いていました。でも、声に明るさは感じられませんでした。もともと、そういう陰気な性格なのかわかりませんが」

「やはり、女は今の運命を諦めているのかもしれぬな」

だからと言って、どうすることも出来ない。金で縛られているにせよ、自分の意志で吉五郎の妾になったのだろうから。

それから、さらに半刻後、門が開いた。

「引き上げるようだ」

剣一郎は門に注意を向けた。

頭巾をかぶった山吹吉五郎が出て来た。その後ろに女が立っていた。見送りに出てきたようだ。

吉五郎が門から去って行く。

女は軽く会釈を送ったあとで、夜空を見上げた。そこに何かを見出そうとでもしているのか、じっと上を向いている。

それは吉五郎を見送っている姿ではなかった。

女に孤独の影を見た。女は決して仕合わせではない。そう思った。

翌朝、出仕した剣一郎はまたも奉行所の門前で、山吹吉五郎といっしょになった。

「これは青柳どの」

吉五郎は笑みを漂わせている。

「山吹さま。なんだか顔色がよく、若返ったような気がいたしますが」

剣一郎は反応を窺《うかが》うように言う。

「さようか。なにしろ、最近は食欲もあり、仕事にも精を出し、公私ともに充実しているからな」

吉五郎は臆面《おくめん》もなく言う。

「それは結構なことでございます」

「うむ。まあ、男にとっておん……。いや、なんでもない」

女はと続けようとしたのだろう。

妾を囲っていることを隠したい気持ちと、自慢したい思いが交錯《こうさく》している。そんな感じがした。

奉行所の門をくぐり、いっしょに玄関に向かう。

吉五郎は終始機嫌がよかった。自分に降りかかっている寄場の不正疑惑などまったく知らないのだ。その意味では、哀《あわ》れな気がした。

山吹さん。昔のあなたはそんなひとではなかった。若いころは、与力としてのあり方を熱く語り合ったこともあった。あのころのあなたはどこに行ったのだと、剣一郎はやりきれない思いだった。

「では、青柳どの」

与力部屋に入ると、吉五郎は元気よく自分の机に向かった。

席に落ち着く間もなく、剣一郎は宇野清左衛門に呼ばれた。

向かい合うなり、清左衛門が口を開いた。

「佐渡奉行付きの手代の話では、何人かが放免になって江戸に帰ったということだ。だが、名前の知らせはまだないらしい」

「放免になった人間の名前が知らされていないということですか」

「さよう」

「なぜ?」

「よくわからぬ。じつは、ひと月ちょっと前、佐渡金山で脱走騒ぎがあったそうだ。すぐに取り押さえられて事なきを得たが、水替人足たちの欲求不満が限界に達しており、自暴自棄からまた脱走を試みる人間が現われるかもしれない。そこで、佐渡支配組頭の幸山宅次郎の発案により、精勤を励《はげ》んで、長くいる者を放免にすることにしたそうだ。つまり、水替人足たちに希望を持たせる。それによって脱走を図《はか》る不心得者がなくなればとのことらしい。それで何人かが放免になったという」

「しかし、放免になった人間の名前を明らかにしないのは妙ではありませぬか」

「そのうちに、改めて知らせてくるはずだという答えだ」

「わかりました」

やはり、佐渡から江戸に舞い戻った人間がいるのだ。『金峰堂』に押し入った賊のひとりは佐渡帰りか。そして、『赤木屋』の裏口で見かけた男はやはり弥八だったのではないか……。

あのとき、弥八は何かを訴えかけようとした。またもや、そのことが気になった。

二

多町一丁目の家を出るとき、卯平がやって来て、

「弥八さん。ゆうべ、番頭さんとずいぶん込み入った話をしていたようだが、ひょっ

としていよいよ』

と、心配そうに声をかけた。

「だいじょうぶだよ、まだ何もしねえ」

弥八は安心させるように言う。

「そうか。早まった真似だけはしてくれるな」

「わかっている」

弥八は笑みを浮かべて応じた。

「じゃあ、出かけてくる」

「気をつけてな」

卯平は最初は無愛想《ぶあいそう》だったが、いまではすっかり親身になってくれている。卯平が勧めてくれるように、この店を継いでまっとうな暮らしをしていけたらと思う。だが、それは無理というものだ。

本石町から伊勢町《いせちょう》堀に出る。前方から町方の同心が歩いてきた。弥八は不自然にならないように、途中の道に折れる。

注意をするのは青痣与力だけだが、他の同心にも用心をするに越したことはなかった。

そういえば、先日の強風の夜、この界隈にたくさんの見廻りが出ていた。単なる火の用心とは思えない警戒ぶりだった。

あれは何だったのだろうと思いながら、弥八は小網町《こあみちょう》から霊岸島《れいがんじま》へ足を向けた。鉄砲洲稲荷を過ぎた頃に夕暮れが迫ってきた。左手に石川島が現われる。

弥八は感慨深い思いで、石川島を見ながら川沿いを行く。ちょうど渡し船が島に向かって出て行った。

七年前まで、弥八は時助とここで手に職をつけるために働いていた。あと数年で、ふたりは独《ひと》り立ち出来たろう。少なくとも、堅気の仕事をしてまっとうな暮らしをしていたはずだ。

あの佐渡金山送りの無宿人狩りがあるまでは、そんな夢を描いていた。なぜ、無宿人狩りで、ここの人足寄場にいる無宿人まで対象になったのか。

あとで佐渡の地役人が語ったところによれば、江戸で駆り集めた無宿人は予定の六十名に満たなかった。そこで、石川島の人足寄場から頑健そうな男を選んだのだという。

それをしたのが、南町奉行所人足寄場掛与力の山吹吉五郎だった。

ある意味、山吹吉五郎が弥八と時助の運命を変えたといっていい。あの与力がふたりを選ばなければ……。

弥八は渡し場までやってきた。忌《い》まわしい人足寄場だが、佐渡金山に比べたら極楽だ。

少し離れた場所で待っていると、渡し船が近付いてきた。船に、いかつい顔をした侍が乗っていた。

山吹吉五郎だ。佐渡金山に送り込んだ男だ。もっとも、あの男にとっては佐渡に送る人間は誰でもよかった。ただ、身体壮健な男であれば。だから、おそらく山吹吉五郎は俺の顔を見ても誰かはわかるまい。

船が船着場に着いた。弥八は急いで鉄砲洲稲荷まで戻った。

境内《けいだい》の脇にある大きな松の樹の陰に身を隠した。じっとして、待っていると、山吹吉五郎がやって来た。

小者と中間を引き連れ、さらに同心もいっしょだ。

何を考えているのかにやついている。妾のことでも思いだしているのか。

弥八は厳しい顔で、目の前を過ぎて行く山吹吉五郎を見送った。

それから、一刻（二時間）後、弥八は根津権現前の遊廓にやって来た。『松野楼』

のおはるに言伝を頼んだが、鉄次はやって来ない。おはるのところにやって来ていないのか、それともやって来たが俺のところに来ようとしないのか。そのことを確かめたかった。

寒さから逃れるように遊廓の土間に消えていく男や、張見世の格子の中を覗いている男たちがいる。

『松野楼』に向かいかけたが、岡っ引きの姿が目に入ったので、そのまま素通りをした。変に絡まれては面倒だと思った。

途中で振り返ると、岡っ引きは隣の遊廓に入った。何かの聞込みをしているようだ。ちっと舌打ちして、弥八は裏通りに向かった。

安女郎屋が建ち並んでいる通りに出た。店先に、白粉を塗りたくった女たちが客を誘っている。

呑み屋があれば、そこで時間を潰し、岡っ引きがいなくなってから改めて『松野楼』に行くことにしていた。

玉暖簾のかかった呑み屋があった。弥八はそこに足を向けたとき、ふと烈風を浴《あ》びたような衝撃を受けた。

急いですれ違った男に目をやる。坊主頭で着流し、三十ぐらいの男だ。男は弥八には気づかず、すたすたと歩いて行く。

「岩鉄……」

そんなはずはない。弥八は心を落ち着かせようとした。あまりにも似ていたので驚いたが、いまになってみるとただ坊主頭を見て、とっさにあの男を思いだしただけなのかもしれない。

脱走を図った五人は雪の中で追手に囲まれた。追手は先回りをしていたようだ。抵抗する力は残っていなかった。

五人はあっさり捕まった。役所内にある牢獄にとらわれた。脱走の首謀者である岩鉄が真っ先に首を刎《は》ねられ、続いてふたりが処刑された。そして、時助、弥八の順で首を刎ねられることになった。

だから、岩鉄が生きているはずはないのだ。人違いだと思いなおしたが、どこか気持ちが治まらずに、弥八は坊主頭の男のあとをつけた。

男は根津権現の境内に入った。弥八も遅れて鳥居をくぐる。男は社殿の裏に向かった。裏口から出るつもりか。

弥八は植え込みの中を抜け、裏門に急いだ。裏門の潜り戸のそばに行ったとき、閂《かんぬき》がかかっているのを見た。

ここから出たのではない。そう思ったとき、しまったと思わず叫び、引き返した。社殿をまわったとき、鳥居に向かって駆けて行く男の姿が目に入った。気づかれていたのだ。弥八は駆け出した。

男は境内の脇に曲がった。根津権現の外周を走り、裏手に出た。しかし、すでに男の影は見えなかった。

千駄木《せんだぎ》方面に目をやりながら、弥八は男のことを考えた。

あれは岩鉄だったのか。いや、そんなはずはない。岩鉄は死罪になったのだ。では、なぜ逃げたのだ。

男はこっちを別の誰かと勘違いをしたのか、あるいは岡っ引きの手先だと思ったのだろうか。今となってはまったくわからなかった。

それから四半刻（三十分）後、岡っ引きの姿がなくなってから、弥八は『松野楼』に入った。

二階の部屋に通されて待っていると、おはるがやって来た。

「鉄次は来たか」

顔を見るなり、弥八はきいた。

「まあ」

少し呆れたような顔をしたが、

「来たわ。弥八さんのことを話した。でも、もう、遅いって」

と、おはるは真顔で答えた。

「遅い？」

「ええ」

おはるは声を潜め、

「鉄次さん、何かやったのね」

「なに？」

「さっき岡っ引きがやって来たわ。左腕に黒っぽい布を巻いた男がこなかったかって」

おはるが眉根を寄せて言う。

「なんだって」

「安心して。弥八さんのことも鉄次さんのことも話していないから」

おはるは厳しい顔になって、

「上野新黒門町の『金峰堂』という薬種屋に押込みがあって七百両が奪われたんです

って。その一味の中に、左腕に黒っぽい布を巻いた男がいたそうよ。歳は二十半ばから三十ぐらいだということ」

「まさか」

弥八は啞然とした。

「そうよ。間違いないわ。お金も少し持っていたもの」

「なんてこった」

と、弥八は愕然《がくぜん》とした。

ばかやろう。せっかく、地獄から戻ったというのに……。弥八は何度も呻いた。

しかし、落ち着いてくると、鉄次の気持ちになれた。好きな女が苦界に身を沈めた男のやりきれなさを思うと胸が締めつけられる。

だが、そんな金でおきみを身請けしても仕合わせにはなれねえ。じゃあ、どうしたらいいんだ？　女を諦めろと言うのか。鉄次の反発の声が聞こえてきそうだった。

「鉄次はおきみの居所を摑んだのだろうか」

「さあ、まだでしょう」

弥八は呟いた。

「ますますもってばかだ」

女の居所もわからないのに、押込みの仲間に入りやがって。もしかしたら、おきみはとうに死んでいる可能性だってないわけではない。しかし、鉄次の答えはわかっている。おきみのいない世の中に何の未練もねえと吐き捨てるに違いない。

「もう、おしめえだ」

弥八は虚《むな》しく笑った。

「おはるさん。いろいろ、世話になった。もうこの件で、来ることはねえ」

「寂しいわ」

おはるがぽつりと言った。

「寂しい？」

「私だって女よ。鉄次さんも弥八さんも私に指一本も触れようとしない。私と同じ名前のおきみって女のためにだけ一生懸命でさ」

おはるが溜め息をついて、

「それは花代はちゃんとくれるわ。でも、そんなんじゃないわ」

と、詰《なじ》るように言う。

「今夜だって、なにもしないで帰るんでしょう」

「…………」

「私じゃ抱く気にならないの？　弥八さん、佐渡から七年振りに江戸に帰って来たんでしょう。女の肌が恋しくないの。それとも、ほかに女がいるの？」

思いもしないおはるの激しい言葉だった。

「そうじゃねえ。俺の大事な仲間がいまも地獄の苦しみの中にいるんだ。いや、奴の生死が俺にかかっているんだ。そのことを思うと、自分だけいい思いをしちゃならねえと自分で気持ちを抑えつけているんだ」

弥八は呻くように言った。

「生死が弥八さんにかかっている？」

おはるは目を見開いてきく。

「ああ、そういうこった」

弥八は仕置き場に引き立てられて行く時助の泣き叫ぶ姿を蘇らせた。

脱走の首謀者である岩鉄が真っ先に牢屋から仕置き場に連れていかれ、続いてふたりが処刑され、その次に時助が首を刎ねられるために牢から出された。

時助は泣き喚《わめ》きながら、

「弥八。俺はおめえと知り合えてよかった。楽しかったぜ。ありがとうよ」

と、絶叫した。

「時助。俺もすぐあとから行く」

牢屋格子にしがみつき、時助の姿を見送りながら、弥八は声を張り上げた。

しばらくして、弥八は呼ばれた。もう、時助がこの世にいないと思うと、生きる気力も萎《な》えていた。

牢を出てから、地役人のあとにしたがって仕置き場に向かった。そのときには、すでに恐怖心はなかった。ただ、地獄の底から救われるのだという安堵《あんど》のほうがまさった。

途中、弥八はおやっと思った。てっきり首を刎ねられるのかと思ったら、仕置き場から少し離れた場所に連れて行かれた。

そこに、佐渡支配組頭の幸山宅次郎が待っていた。

「弥八。そなたは石川島の人足寄場から駆り出されてきたのだったな」

幸山宅次郎は確かめるようにきいた。

「へい」

「そなたの父親は上州の御代官手代だったそうだな」

「えっ？」

なぜ、そんなことを知っているのかと、弥八は驚いた。

「調べはついている。御代官元締だったというではないか」

「へえ。もう父親は亡くなってますが」

「そんな境遇にいながら、なぜ、無宿人になったのだ？」

「あっしには百姓を苦しめることは出来ませんから」

代官の手先となって百姓から年貢を搾り取ることなど出来なかった。

「義侠心があるのだな」

幸山宅次郎は口元に冷笑を浮かべてから、

「弥八。そなた次第で、そなたと時助を助けてやる」

「えっ、時助は？」

「心配するな。あそこにいる」

幸山宅次郎が指さすほうに目をやった。庭の隅で、地役人に襟首《えりくび》を摑まれた時助がぐったりしていた。

「時助」

弥八は叫んだ。

時助は顔を上げた。生きていたのか。弥八は胸の底から込み上げてくるものがあった。

「どうだ、時助を助けたいか」

「へえ」

大声で応じる。

「では、言うことをきくか。なんでも、指示に従うか」

幸山宅次郎は恐ろしい形相で迫った。

「なにをやるんですかえ」

「ひとをひとり殺《あや》めてもらいたい」

「げっ、ひと殺し」

弥八はのけ反った。

「いやならいやでいい。その代わり処刑を続ける。時助の首を刎ね、続いてそなただ」

幸山宅次郎は顔を近づけてにやりと笑い、

「いまならまだ間に合う。やるか、やらぬか」

「ほ、ほんとうにあっしらを助けてくださるんですかえ」

「ほんとうだ。それだけではない。放免して、ふたりとも江戸に帰してやる」

「ほんとうに帰してくれるんですね」

ふたりが助かるためなら、ひと殺しでもなんでもやると、弥八は心に決めた。

「よし。約束だ。だが、決して他言は無用だ」

「で、誰をやるんですか」

弥八は恐怖と寒さとで指先まで震わせた。

「相手は江戸だ」

「江戸ですって」

「そうだ。そなたはひとりで江戸に出て、使命を果たすのだ。それまで、時助は牢に閉じ込めておく」

「江戸の誰ですか。あっしの知っている人間ですかえ」

弥八は焦《あせ》ってきく。

「江戸に着いてからだ。よいか、これからそなたを放免にする。だが、今年中に、使命を果たすのだ。もし、逃げたりして約束を果たすことが出来なかったら時助を殺す。そして、そなたを脱走者としてお触れをまわす。当然、捕まれば死罪だ」

幸山宅次郎は冷酷そうな目を向ける。

「明日にでも佐渡を発《た》て。そして、江戸についたら本町一丁目にある質屋兼両替商の『赤木屋』に行け。そこの番頭の喜太郎を頼るのだ。そのとき弥助と名乗れ」

幸山宅次郎はいちいち指図をし、

「あらためて言っておくが、そなたが逃げても、任務に失敗しても、時助の命はない。ただ助かるのは狙う相手が死んだときのみだ」

それから、幸山宅次郎はにやりと笑い、

「よいか。旅立ちにあたり、そなたに十両を与えよう」

「十両？」

「そうだ。その金を持って逃げるのはそなたの自由だ。だが、時助は死に、そなたはお尋ね者だ。それでも構わなければ、逃げるがよい」

「時助は殺させねえ」

弥八は睨みつけた。

誰を何のために殺すのか、想像さえつかなかったが、時助を助けるためにはこの手を汚さねばならなかった。

「やっぱり、弥八さんも何かしようとしているのね。そのことで苦しんでいる。そうでしょう？」

おはるの声が弥八の思いを中断した。

「いったん地獄に落ちると、そこから這《は》い上がるのはほとんど不可能だってことだ」

弥八は胸をかきむしるように言う。

「そうね。いくらあがいたって苦界から抜け出せないものね」

おはるが絶望的な声を出してから、

「でも、弥八さんは生きて。私はここから出られないけど、弥八さんは自由に動けるでしょう。だったら、生きて。生きるために闘って」

おはるは真剣な表情で訴える。最初に感じた軽薄そうな印象はなかった。

「どうして、そんなことを言うんだ」

「だって、弥八さんは他人のために闘っているんでしょう。鉄次さんのこともそう。自分のことより他人のために体を張るなんて……。ねえ、生きて。今度は自分のために生きて。いえ、私のためにも」

「おまえのためにも？」

「男なんて、みんな私たちを蔑んだ目で見るけど、弥八さんは違う。そんな弥八さんには生きていてもらいたいの。それだけでも、私の支えになるもの」

感情が激《げき》してきたのか、おはるは目尻を濡らしていた。

おはるは俺の身を本気で心配してくれている。その真情が弥八の胸に響いた。

「ありがとうよ。うれしいぜ」

弥八にも込み上げてくるものがあった。

だが、おはるの期待に応えることは出来ないのだ。

三

翌日の朝、剣一郎の屋敷に只野平四郎がやって来た。

「早くに申し訳ございません」

「いや、構わぬ」

剣一郎は庭先に立った平四郎に言う。

「ゆうべ、根津の『湊家』という遊女屋で、そこの女が、朋輩のおひさという妓の客が左腕に黒っぽい布を巻いていたと訴えました。そこで、おひさに問いただしたのですが、名前は聞いていない、左腕の布には気づかなかったと答えるばかりでした」

「おひさが嘘をついていると思うのか」

「わかりません。おひさが言うには、男がやって来たのは二度。押込みの前と後です。念のために、『湊家』に見張りをつけております。その男がまたやってくるかもしれませんので。いちおう、報告をと思いまして」

「そうか、ごくろう」

剣一郎は小首を傾げた。

『湊家』というのは小見世のほうか」

「そうです。金が手に入ったら、もっと高級な見世で遊ぶのではないかとも思ったのですが」

「それにしても、その朋輩はよく客のことを訴えたな。それに、どうしておひさの客の左腕に気づいたのだ?」

剣一郎はちょっと違和感を持った。

「男の手をとって客引きをしたそうです。そのときに気づいたと言ってました。その客がおひさの客だったので、面白くなかったようです。日頃から、おひさとは反目しあっている仲なので、告げ口をしたのだと思います」

「なるほど」

「他の店からは何も訴えがありません。『湊家』だけです」

「よし、『湊家』のおひさだな。あとで、私もおひさに会ってみる」

「はっ。では」

平四郎は去って行った。

浪人笠をかぶって、剣一郎は昼下がりに根津権現裏手の安女郎屋が並ぶ場所にやって来た。

昼間から遊びに来る客もいて、遊女屋に入って行く男の姿が目についた。『湊家』を見通せる場所に、岡っ引きの手下らしい男が隠れていた。

剣一郎は手下のところに行った。笠を上げると、手下はあわてて腰を折った。

「これから『湊家』のおひさに会いにいきたい。いきなり訪れ、店の者を驚かせてもいけない。先に、用件を伝えてきてもらいたい」

剣一郎は頼んだ。

「へい、では」

と、手下は『湊家』に駆けて行った。

剣一郎は店先で待った。手下が顔を出し、

「青柳さま、どうぞ」

と、声をかけた。

剣一郎が中に入ると、女将が会釈をした。

「いま、おひさが参ります」

そう言い、女将は内証《ないしょう》で会わせようとするのを、

「すまぬが、おひさとふたりきりで話したい。そんなに時間はとらせぬ」

と、剣一郎は頼んだ。

「わかりました。じゃあ、二階で」

女将は少し迷惑そうな顔をして言う。

女がやって来た。

「おひさ、青柳さまがお話があるそうだ。二階の部屋にご案内しな」

と、告げた。

一瞬、おひさの表情が変わった。

「わかりました。どうぞ」

おひさは梯子段を上がった。

二階の小部屋で、剣一郎はおひさと対座した。が、おひさは少し離れ、俯《うつむ》いている。

「用件はわかると思うが、左腕に布を巻いた男のことだ」

剣一郎が切り出すと、おひさはびくっとしたように体を一瞬震わせた。そして、顔を俯けたまま、

「私、よく覚えていないんです」

と、小さな声で言った。

「左腕に布を巻いた男のことか」

「はい」

「布を巻いていたことは覚えているのか」

「いえ、あまり覚えていないんです」

「覚えていない？　布を巻いていたことをか」

「え、ええ。そんな気もしますが、よくは……」

「なるほど。男は布をはずしたのだろうな。だから、布のことを覚えていないのだろう」

「いえ、外していません」

「どうして外していないと言えるのだ？　布のことはよく覚えていないんではなかったのか」

「それは……」

おひさはどぎまぎしている。

剣一郎はやさしく呼びかける。

「おひさ」

「そなたは、その男をかばっているのではないか」

「いえ、そんなことは……」

おひさはかぶりを振った。

「そうか。町方の者から聞いておろう。上野新黒門町で押込みがあった。その一味の中に、左腕に布を巻いている男がいた。おそらく入れ墨を隠していたのだと思われる」

「……………」

「一味は主夫婦と奉公人を全員縛り上げている。その中で、女中を縛り上げた男は、縛ったあとで痛いと女中が言うと縄目を緩めてくれたそうだ。どういうことかわかるか」

おひさは真剣な眼差《まなざ》しで見る。

「相手を思いやっている。押込みは素人だ。男はほんとうの悪人ではないということだ。おそらく、男は一味に加わってまだ日が浅いはずだ」

「…………」

「よいか。このまま放っておけば、一味はまた押込みを繰り返す。またやったら、男はもうだめだ。ずるずると悪の道に引きずり込まれ、いつか捕まって死罪になることが目に見えている。救ってやりたいとは思わないか」

ひと月ちょっと前に佐渡金山で脱走騒ぎがあったことが気になる。すぐに取り押さえられて事なきを得たという。だが、そのことがあって、水替人足の不満を逸《そ》らすために何人かを放免した。

「肘の上にまで入れ墨があるのは佐渡帰りの可能性がある。最近、まじめに働いてきた水替人足が数人、放免になったそうだ。佐渡帰りと言っても悪い人間ではない。これからまっとうに暮らそうとしている人間だ。そんな人間が江戸に帰ってきてひょんなことから悪の道に誘われた。それだったら、早いとこ、救ってやるのだ」

「でも、私は何も知らないんです。名前も、どうして権現前に来たのかも。それに、もうここには来ません」

剣一郎はおやっと思った。もうここに来ないと、どうして言い切れるのか。それに、なぜわざわざ、名前も権現前に来たわけもわからないと言ったのだろうか。

ほんとうは名前も事情も何か知っているのに違いない。

「おひさ。どうして、もうここに来ないと言い切れるのだ?」

「そう言ってましたから」

「なぜ、そんなことをそなたに言ったのだ? 喧嘩でもしたのか」

「違います」

「では、なぜ、わざわざもう来ないと客が言うのだ?」

「そう感じただけです」

「さっきは、男がそう言ったということだった。おひさ、正直に答えるのだ。もう、その男のことはどうなってもよいと思っているのか」

「違います」

おひさは何か隠している。だが、これ以上、問いつめても何も答えそうになかった。

「そうか。わかった。また、出直す。それまで、よく考えておくのだ。このまま見逃したほうがその男のためになるのか、いま捕まったほうがためになるのか」

「…………」

「邪魔をした」

剣一郎は立ち上がった。

立ち上がれずにいるおひさを残して、剣一郎は部屋を出た。

梯子段を、白粉を塗りたくった女があわてておりて行った。様子を窺おうとしていたのだろう。

外に待っていた手下に首を横に振ってから、剣一郎は笠をかぶり、来た道を戻った。

根津権現から剣一郎は上野新黒門町を通って下谷広小路を突っ切った。

『金峰堂』の押込みの探索は捗《はかど》っていないようだ。ただ、平四郎たちの聞込みで、押込みのあった翌日の早朝、御徒町《おかちまち》にある辻番所《つじばんしょ》の番人が、三人連れの遊び人ふうの男が三味線《しゃみせん》堀のほうに向かうのを見ていたことが分かった。

また、佐久間町《さくまちょう》の木戸番が、同じ早朝、神田川沿いを大川方面に向かう男と女を見ていたことがわかった。

いずれも、押込み犯と関わりがあるかどうかは不明だった。

筋違橋を渡り、須田町に差しかかったとき、前方を横切った男がいた。ちらっと見かけた横顔が弥八のような気がした。

確かめようとしたが、すでに弥八は角を曲がり、姿を消していた。

佐渡金山で放免になった人足の中に、弥八も含まれていたのか。だが、正式の沙汰《さた》により江戸に帰ってこれたのなら、こそこそ隠れる必要はないのだ。

気になりながらも、剣一郎は奉行所に戻った。宇野清左衛門と会う約束になっていた。石川島の人足寄場の不正に関しての報告が隠密廻り同心の作田新兵衛からあるという。

与力部屋で待っていると、清左衛門からの呼出しがあった。

年番方の部屋に行くと、すぐに清左衛門が立ち上がり、隣の部屋に向かった。そこに、新兵衛が待っていた。

「新兵衛、ごくろう」

清左衛門が声をかけた。

「はっ」

「では、さっそく話してもらおう」

剣一郎が座るのを待って、清左衛門が促す。

「じつは……」

新兵衛が口を開いた。

「いろいろ調べましたが、不正の事実が出て参りませんでした」

「なんと」

清左衛門が意外そうな顔をした。

「不正がないというのか」

「はい。正確には現段階では不正の事実を見つけ出せていないというべきかもしれませんが、だとしたら恐ろしいほどに完璧《かんぺき》に不正を行なっているとしかいいようがございません。寄場奉行どの以下、何人かと接触しましたが、怪しい点がありません。また、北町の人足寄場掛の与力どのにも話をききましたが、不正はありませぬ。ただ、お金の精算で、若干の不足ぶんなどが出て、計算が合わないこともあったそうですが、それは微々《びび》たるもの」

新兵衛ははっきりとした口調で続けた。

「もし、不正が行なわれているとしたら、寄場奉行以下全員が手を組んでいることになります。まず、それは考えられないこと」

「さらに調べても、新しい事実は出てこないというのだな」

剣一郎は確かめた。

「はい。出てこないとおもいます」

「不正はなかったということか」

清左衛門が唸った。

「はい」

「青柳どの。これはいったいどういうことか」

清左衛門が困惑した顔を向けた。

「新兵衛の調査です。ぬかりはありますまい。人足寄場に不正はなかったのです」

剣一郎も戸惑い気味に答えた。

「では、あの文は？」

人足の数を水増しし、経費を多く受け取っているという密告だ。そして、妾を囲った山吹吉五郎の贅沢《ぜいたく》な暮らしを指摘していた。

「あの文は出鱈目《でたらめ》だったことになります」

「なれど、山吹吉五郎が妾を囲っているのは事実ではないのか」

「はい」

剣一郎もその点はわからない。

人足寄場掛の与力にそれほど付け届けが多いとは思われない。妾を豪華な家に囲う金が奉行所与力の俸禄《ほうろく》だけで賄《まかな》えるものか。

「その件ですが、山吹さまに妾がいることは、寄場の人間は薄々感づいているようでした。ときたま、自慢していたそうです」

新兵衛は侮蔑《ぶべつ》するように口元を歪めた。

「投げ文の主は人足寄場に関わっている者ではないのか」

清左衛門が小首をひねった。

「投げ文した者は、山吹どのが妾を囲って豪華な暮らしをしていることを知っていても、その金をどこから捻出《ねんしゅつ》しているかはわからなかった。だが、人足寄場に不正があるとしか考えられないと思ったのではないでしょうか」

新兵衛が答える。

「新兵衛」

剣一郎は声をかけた。

「はっ」

「人足寄場に不正があるという噂《うわさ》はあったのか」

「いえ、ありません」

「山吹どのが妾を囲っていることで、妬《ねた》みなどはなかったのか」

「さあ、特にはそういう話は耳に入ってきません」

「そのあたりのことを調べてもらえぬか。投げ文の主が人足寄場の中にいるのかどうか」

「青柳どの。そのことが何か」

清左衛門が口をはさむ。

「投げ文の目的を知りたいのです。何のために文を認《したた》めたのか」

「そうだの。不正がなかったのだからな。新兵衛、引き続き、頼んだ」

「わかりました。では」

新兵衛は下がった。

「青柳どの。山吹吉五郎はどうなのだ?」

清左衛門は改めてきく。

「妾がどういう女だったのか、まったくわかりません。ですが、文にあったように、かなりの贅沢な暮らしをさせていることは間違いありません」

「うむ」

清左衛門は唸った。

「青柳どの。山吹はどこかから金を手に入れているのではないか。ひょっとして、人足の実家から」

無宿人の中には勘当された男もいる。その男を人足寄場から早く出してやる見返りに実家から大金を出させる。

清左衛門はそう考えたようだ。

「しかし、その裁量を山吹どのがひとりで出来るとは思えません。それに、それも不正ですから、噂にはなるのではないでしょうか」

「うむ。では、青柳どのは山吹は俸禄だけでやっていると言われるか」

「いえ、俸禄だけで屋敷と妾の家の二軒を守って行くのは無理だと思います。やはり、なんらかの手段で、金を得ていると考えるほうが自然だと思います」

「いったい、なんなのだ」

清左衛門は焦《じ》れたように、

「こうなったら、山吹を問いつめるか」

「いずれはそうすべきかと思いますが、まだ気づかれないほうがよろしいかと。今のままでは言い逃れを許してしまうでしょう」

「うむ、そうだの」

「いま、山吹どのの妾の素性を探っています。芸者上がりか、遊女上がりか、はたまた後家であったたか。ふたりの馴《な》れ初《そ》めがわかれば、山吹どのの秘密の一端が知れましょう」

剣一郎はそう言いながら、ふと弥八に似た男のことが脳裏を掠《かす》めた。そして、石川島の人足寄場から佐渡金山に弥八を送ったのが山吹吉五郎だということを思いだして、急に胸騒ぎがしてきた。

四

昼過ぎに、鉄次は梯子段をおり、居間に行った。

長火鉢の前におかしらの太市が座り、そのよこに情婦のおはつが長煙管をくわえて座っている。

その前に、十蔵や利助、そしてふたりの子分がすでに座っていた。

「鉄次、早く座れ」

太市が強い口調で言う。

「へい」

鉄次は廊下に近いところに腰を下ろした。

「よし、集まったな。いよいよ、次の本命の番だ。神田鍋町《なべちょう》にある呉服屋『加賀屋《かがや》』

だ。少なくとも二千両、場合によっては三千両だ」

「そいつは……」

十蔵が感歎の声を上げる。

手下たちのざわつきが去ってから、

「それだけの大仕事に七人では足りない。そこで、俺の兄弟分の佐久《さく》の源七《げんしち》が子分をふたり連れて加わる」

「そいつは心強いですぜ」

利助がすぐに応じた。

「そうよ。これで万全だ。それだけじゃねえ、すでに源七は『加賀屋』の下男を手なずけている。引き込みをしてくれるんだ」

「それはほんとうですかえ」

「ああ、さっき、源七から、やっと下男の手なずけに成功したと言ってきた。これで万全だ」

太市は満足そうに頷き、

「決行は、今度の強風の夜だ。いつでも動けるように用意をしておけ」

「へい」

一同が揃《そろ》って返事をしたが、鉄次は黙って頷いただけだった。

「念を押すまでもねえが、今度は火を放ち、火事のどさくさにまぎれて金を奪う。歯向かう奴は容赦《ようしゃ》なく殺《や》るんだ。今度は遠慮はいらねえ」

『加賀屋』が風下にあたる場所に火を放つ。それと同時に『加賀屋』に押し込み、主人を脅して土蔵の鍵を奪う。歯向かうものを殺し、家財道具といっしょに千両箱を大八車に積み込む。罹災《りさい》して逃げる住民を装うのだ。

こんな荒っぽい押込みを、近々実行する。うまくいけば、鉄次にも分け前が百両くる。おきみを身請け出来る。

だが、おきみの居場所はいまだにわからないのだ。

「おい、鉄次」

いきなり、太市に名指しされた。

「へい」

あわてて、鉄次は返事をする。

「おめえ、ときたま夜出かけているようだが、派手に遊ぶんじゃねえぜ。岡場所には町方が張っているはずだから足を向けるんじゃねえ。いいな」

「……へい」

鉄次は頷いた。

「今度はおめえにも大いに働いてもらうからな。佐渡帰りの凄味を見せてもらおうじゃねえか」

太市は頰を歪めて笑った。

散会になってから、こっそり鉄次は『小金屋』を出た。御徒町から下谷広小路を突っ切り、池之端を抜けて不忍池をまわって根津にやって来た。

陽が落ち、寒さが厳しくなった。また、雪でも舞いそうだ。

鉄次は根津遊廓の惣門をくぐった。軒行灯や提灯《ちょうちん》の明かりに紅殻格子が映えて、淫靡《いんび》な色彩を見せている。

『松野楼』のおはるは別人だった。おきみはほんとうにここにいるのだろうか。前方から岡っ引きが歩いてくる。

やはり、太市が言うように町方は遊びに来る男に注意を向けているようだ。まずいと思った。ここで、おきみの行方を探しまわっていたら、目をつけられないとも限らない。

遊廓を出てから根津権現に向かう。境内に入って時間を潰す。しばらくして、遊廓に足を向けたが、まだ岡っ引きがうろついている。

仕方なく、裏通りに入る。安女郎屋の戸口から白粉を塗りたくった女たちが媚《こび》を売りながら声をかけてくる。

『湊家』の前を通りかかると、おひさが立っていた。鉄次に気づいたはずだが、表情が硬い。

どうしたんだと思いながら近付こうとしたが、おひさが首を横に振った。鉄次は立ち止まった。

おひさが帯の前で、指を差した。そのほうに目をやる。路地に男が立っていた。あっと叫びそうになった。町方だ。

なぜかわからないが、町方が張っているのだ。鉄次は素知らぬ顔で、『湊家』の前を素通りする。

どういうことかわからない。だが、危険を察した。鉄次はおひさに目配せし、足早に根津を離れ、不忍池の畔《ほとり》までやってきた。

なぜだ、ともう一度、呟く。『湊家』を見張っていて、おひさもそのことを知っていた。

なぜ、狙いは俺ではないかと思った。

なぜ、俺が疑われたのか。

無意識のうちに手が左腕をさすった。あっと思いだした。『金峰堂』に押し込んだときのことだ。

女中を縛り上げたとき、痛いと言うので縄目を少し緩めてやった。そのとき、袖がまくれた。あの女中は左腕に布が巻いてあったのを見ていたのではないか。

そのことを岡っ引きに話した。それを手掛かりに盛り場を探し、根津の女郎屋で手応えを得たのだ。

おひさが話したのだろうか。いや、おひさが話すとは思えない。現にさっきも、合図をして町方が見張っていることを教えてくれたではないか。

朋輩か。一度、左腕をとられて客引きされたことがあった。あのとき、その女を無視しておひさのところに行った。

あの女が仕返しのために町方に訴えたのだ。そう考えれば、説明がつく。

これではもう根津に行くことは出来ない。おきみを探すことは出来ない。どうしたらいいのか。

ふと、脳裏を掠めた顔があった。歳は食っているが小粋な感じの客引きの男だ。あの男に頼むしかない。金をいくらか与えればやってくれるかもしれない。

そう思い、危険を承知しながら根津遊廓に戻った。

再び、根津遊廓の惣門をくぐる。町方の姿を探しながら、あの客引きのいる遊廓の前までやって来た。

きょろきょろ見回したが、男の姿はなかった。長居していると不審をもたれかねないので、鉄次は諦めた。

そのまま根津権現のほうに向かいかけたとき、

「兄さん」

と、いきなり背後から声をかけてきた男がいた。

鉄次は衝撃から総毛立った。岡っ引きに見つかったと思った。

「どうした、驚かせてしまったか」

「あっ、あんたは」

探していた客引きの男だ。

「さっききょろきょろしていたな。俺を探していたんじゃなかったのか」

「そうなんだ。頼みがあるんだ。じつは、『松野楼』のおはるは俺の探しているおきみじゃなかったんだ」

「そうか、違ったのか」

「もう一度、おきみを探してくれないか。礼ならする」

鉄次は頼んだ。

「礼なんていいよ。じつはな、もうひとりのおきみがいたんだ」

「ほんとうか。どこにいる？　教えてくれ」

「それがな」

男は言いよどんだ。

「金なら出す」

「礼なんていいと言ったはずだ。じつはな、もうひとりのおきみは二年前に身請けされていた」

「身請け？」

「そうだ、身請けだ。たぶん、このおきみさんが探している女に間違いないようだ。本所の出だそうだ」

おきみが身請けをされていた。

だが、また人違いということもある。

「身請けしたのは誰なんだ？」

「本町一丁目の『赤木屋』の主人で、光右衛門《みつえもん》という男だ。なかなかの粋人らしい。かなりの小判を積んだそうだ」

「わかった。ありがとう」

鉄次は一分金を男の手に握らせた。

「いらねえっていったはずだ」

「とっておいてくれ。俺にはもう関係ない金だ」

「鉄次さんだな」

「どうして俺の名を？」

「おまえさんを探している男がいた。ずいぶん、心配しているようだったぜ」

「そうか」

弥八だと思った。

「居場所を知っているなら会いに行くんだな。あの男なら力になってくれると思うぜ。じゃあ、これは遠慮なくもらって行く。達者でな」

男は引き返して行った。

弥八が自分を探していることはわかったが、今さら会いに行くことは出来ない。

鉄次は悄然《しょうぜん》と引き上げた。身請けされていたなんて、と胸をかきむしった。遊女でいるなら金で身請けが出来るが、妾になった女には何も出来ない。

目が眩《くら》んで立っていられなくなった。だが、なんとか踏ん張った。不審な姿を見られたら、どこからか町方が飛んで来るかもしれない。

鉄次は急ぎ足になった。そして、再び不忍池のさっきのところまで戻って来た。深呼吸をして後ろを振り向いたとき、全身に衝撃が走った。

黒い影がふたつ近付いてきた。とっさに逃げ出そうとしたとき、

「鉄次」

と、鋭い声で呼ばれた。

鉄次は立ち止まって振り返った。

「あっ」

十蔵と利助が近付いて来た。

「おかしらから、おめえのあとをつけろと言われたんだ」

眉の薄い無気味な顔をしかめて、十蔵が言う。

「何をしていたんだ？」

利助が太い眉を寄せてきく。

「………」

鉄次は返答に窮《きゅう》した。

「おい、鉄次。なんとかいえ。あそこには町方が張っていた。なんで、危ない真似を

したんだ? おかしらに申し開きが出来るのか」

「女を、女を探していた」

鉄次は答えた。

「女?」

「許嫁だ。根津に売られた。だから、探していたんだ」

「そんな女がいたのか。で、見つかったのか」

「客引きの男が調べてくれた。とうに身請けされていた。ちくしょう。遊女屋にいるなら救い出せるが他人のものになっちまったらどうにもならねえ」

「なるほど。身請けの金が欲しくて俺たちの仲間に入ったってわけか」

利助が口元を歪めた。

「ああ、それも無駄だ。もう、だめだ」

鉄次は呻くように言った。

「何がだめなんだ?」

十蔵が冷笑を浮かべた。

「金が出来たって、役に立たねえ」

「女を取り戻したいんだろう。だったら、旦那を殺っちまえばいいだけの話だ。押込みに見せかけて始末しちまえば、女はおまえのものだ。そうだろう」

十蔵の不敵な言葉に、鉄次は心の臓を鷲摑《わしづか》みにされたような衝撃を受けた。

翌日の夕方、鉄次は質屋兼両替商の『赤木屋』の前までやって来た。間口の広い土間に、長い暖簾がかかっていた。

鉄次は店先に立ち、中を覗く。まず、主人の光右衛門の顔を知らねばならなかった。いま客の相手をしている男は風格があるが、主人だろうか。

客が引き上げたあと、手代らしい若い男が風格のある男に番頭さんと声をかけていた。

主人ではない。鉄次は怪しまれないように店先から立ち退《の》いた。そして、向かいの鼻緒問屋の脇に隠れて、『赤木屋』を見張った。

十蔵の言葉が耳朶《じだ》に焼きついている。旦那を殺っちまえばいいだけの話だ。そうすれば、おきみを奪い返せる。だが、そうなったら、俺は人殺しだ。

だが、身請けのために押込みの一味に加わり、そして今度の押込みでは死人が出るかもしれない。

おきみを助け出すためには手を汚すのはやむを得ないのだ。鉄次は自分に言い聞かせた。おきみを助けることが第一だと。

一丁の駕籠《かご》が『赤木屋』の前にやって来た。

しばらくして、店から羽織姿の男が出て来た。大柄で白髪《しらが》の目立つ男だ。ふくよかな顔だちだ。五十近いだろうか。奉公人が見送る。主人の光右衛門に違いない。

おきみがあんな年寄りのなぐさみものにされているのかと思うと胸が張り裂けそうになる。光右衛門が駕籠に乗り込むと、駕籠が出立した。

おきみのところに行くのかもしれない。鉄次はあとをつけた。

駕籠は本町通りを東に行く。本町から大伝馬町を過ぎ、横山町《よこやまちょう》から柳橋《やなぎばし》に向かった。

駕籠は船宿の前で停まり、光右衛門は船宿に入った。駕籠は引き上げて行く。

鉄次は迷った。船宿で誰かと会ったあとで、おきみのところに行くのだろうか。そう思うと、すぐには引き返せなかった。

また、駕籠がやって来た。降りたのは武士だ。船宿に入って行ったが、光右衛門と会うのかどうかはわからない。

鉄次は川っぷちの柳の木の横に行った。屋根船や猪牙《ちょき》船がもやってある。船宿から商家の若旦那らしい男が取り巻きの男といっしょに芸者を連れて船に乗り込んだ。こんな寒い夜に船遊びかと、鉄次は鼻で笑ったが、その嘲笑はすぐに自分に返ってきた。

　こんな暗がりに身を潜め、寒さに震えながら船宿を見ている自分のほうが、とんだお笑い草ではないか。

　足の先から寒さが押し寄せ、体が冷えてきた。あれから一刻（二時間）が経つが、まだ光右衛門は出てこない。

　今夜は妾のところには行かないようだ。諦めて引き上げようとしたとき、空の駕籠がやって来た。

　船宿の女将に見送られて、光右衛門が出て来た。女将や女中とふた言三言、言葉を交わしてから、駕籠に乗り込む。

　駕籠が出立した。店に帰るのだろうと思いながらあとをつける。さっき来た道を戻るかと思いきや、横山町のほうに曲がらなかった。

　鉄次は高ぶった。どこか寄るつもりだ。鉄次は激しくなる動悸《どうき》を抑えながら、馬喰町に入って行く駕籠のあとを追った。

　駕籠はまっすぐ進む。まだ五つ（午後八時）前だが、凍《い》てついた夜のこの時間は真夜中のようだ。両脇にある商家の大戸は閉まり、森閑《しんかん》とした通りに駕籠かきの掛け声が轟《とどろ》く。

通旅籠町《とおりはたごちょう》で右に折れ、小伝馬町の牢屋敷の近くを通り、やがて駕籠は神田須田町方面に向きを変えた。

いったい、どこに行くのか。妾の家ならもっと風光明媚《ふうこうめいび》な場所にあろう。それとも、さらに遠くに行くのだろうか。

駕籠は須田町を突っ切った。鉄次はおやっと思った。やって来たのは神田多町一丁目だ。多町一丁目といえば……。

駕籠はとある小商《こあきな》いの店の前に停まった。鉄次は小さな看板を見て、あっと声を上げた。荒物屋の『福田屋』だ。

なぜ、光右衛門がここにと、鉄次は不思議に思った。

駕籠から降り、光右衛門は『福田屋』の潜り戸を叩いた。戸が開き、光右衛門は中に消えた。

『松野楼』のおはるは確かにこう言った。

「言伝けを頼まれたわ。神田多町一丁目にある荒物屋『福田屋』まで弥八を訪ねて来てくれと」

弥八がここにいるのだ。弥八と光右衛門は何か関係があるのか、それとも光右衛門の目的は『福田屋』の主人で、弥八は関係ないのか。

さまざまな考えが頭の中で交錯した。鉄次は家の前の暗がりに立っていた。

二階の雨戸が開いた。誰かが顔を覗かせた。鉄次は急いで顔を引っ込めた。しばらくして、戸が閉まった。光右衛門か弥八か。

もし、弥八が光右衛門を知っているなら妾のことがわかるかもしれない。明日、出なおしてみよう。

そう思って、鉄次は引き上げた。

翌日、鉄次は昼前に神田多町一丁目にある荒物屋『福田屋』にやって来た。

店を覗くと、亭主とおぼしき年配の男が店番をしていた。

「ちょっとお伺いいたします。こちらに、弥八さんがいらっしゃると聞いてやって来ました。お取り次ぎ願えますでしょうか」

鉄次は腰を折って頼む。

「弥八というひとはいません」

亭主は答える。

「確かに、こちらだとお聞きしたんですが」

訝《いぶか》しく思いながら言う。

「うちはかみさんとふたり暮らしです。そういうひとはおりません」

「ですが、私は言伝てを……」

鉄次は言いさした。

聞き違えたのだろうか。それともおはるがいい加減なことを言ったのか。いくら言い張っても無駄だった。

「不躾《ぶしつけ》なことをお訊ねします。こちらさんは『赤木屋』のご主人とはどのようなご関係でございましょうか」

「荒物を買い求めてもらっています。あれだけの大所帯ですからね。まとまってお買い求めていただいています」

「そうですか」

それ以上は深くきけない。鉄次は引き下がるしかなかった。

「お邪魔しました」

踵《きびす》を返したとき、

「お待ちなさい」

と、亭主が引き止めた。

「へい」

鉄次は振り返った。

「その腕」

亭主が左腕を見た。

あわてて、鉄次は左腕を押さえる。

「おまえさん、どこからだえ」

「えっ？」

「ひょっとして佐渡じゃ？」

「………」

返答に窮する。

「じつは俺の知り合いも佐渡帰りがいたんだ。止むを得ぬ事情から、また法に背《そむ》くような真似を……。おまえさんはそんなことあるまいと思うが、せっかく助かった命だ。大切にすることだ」

「どうしてそんなことを？　やっぱり、弥八さんを知っていなさるんじゃありませんか」

鉄次は夢中できく。

「いや、そんな男は知らない。まあ、いま私が言ったことを肝に銘じ、決してばかな真似はしないようにな。そうそう、もしほんとうに困っているなら青痣与力に相談するのだ。いいな」

鉄次は不思議な思いで亭主を見つめていた。

五

その日、弥八は深川熊井町の外れにある一軒家にやって来た。家の中は埃《ほこり》だらけだった。何年もひとが住んでいなかったことがわかる。

『赤木屋』の番頭喜太郎が探してきた隠れ家だ。今朝、『福田屋』から移って来た。ここに長い間住んでいた老夫婦が三年前に相次いで亡くなってから住む人間がなく、空き家になっていた。来春には取り壊しになることが決まっているらしい。

弥八が過ごすために用意したものだが、何日もいるわけではない。せいぜい三日だ。当然のごとく、家財道具などない。表戸の鍵も壊れ、庭の雨戸も外れている。あばら家だが、雨風が凌《しの》げればいいのだ。

以前はときたま浮浪者が入り込んだり、無宿人が住み着いたこともあったようだ。

ふとんに寝る必要はない。道中合羽《どうちゅうがっぱ》をかければそれでいい。人足小屋から比べたら、ここでも天国だ。

弥八は番頭の喜太郎から渡された匕首を抜いた。窓から射し込む光を反射した。弥八は剣術や柔術を習ったことはあるが、匕首を振りまわしたことは、まだない。

あばら家にずっといると、気が滅入《めい》ってくる。弥八はいきなり立ち上がった。

新しい隠れ家を出て大川のほうに向かう。

やがて、黒板塀に見越しの松がある瀟洒《しょうしゃ》な家が現われた。山吹吉五郎の妾の家だ。

幸山宅次郎は狙う相手を江戸で教えると言った。つまり、『赤木屋』の番頭喜太郎から聞けということだった。

喜太郎が打ち明けたのは、弥八が江戸に着いた数日後だった。すでに多町一丁目の『福田屋』に移っていた。

喜太郎は差し向かいになってから、平然と口を開いた。

「相手は南町奉行所与力の山吹吉五郎です」

「なんですって、人足寄場の山吹……」

それは意外な相手だった。

「あなたはよくご存じでしょう」

喜太郎が笑みを浮かべて言う。

「わけは？」

弥八は身を乗り出してきく。

「わけはきく必要はない。あなたは言われた通りのことをすればいいのです。それに、あなただって、山吹吉五郎には恨《うら》みがあるのではありませんか」

「確かに、あの男は俺たちを佐渡金山に送り込んだ人間だ。まさに、恨み骨髄《こつずい》に徹する。でも、だからといって、殺そうとまでは思わない」

「ほう。そんなものですかねえ」

喜太郎はにやりと笑った。

「まあ、そんなことはどうでもよろしい。それから、もうひとつ。これは肝心なことです。山吹吉五郎を殺ったあと、財布《さいふ》を奪ってください。その財布を私どもに渡すこと。よろしいですね」

「…………」

「で、いつ、やりますか」

「待ってください。相手は八丁堀の与力だ。本気ですか」

「冗談でこんなことが言えますか。さあ、いつですか」

「いって……」

弥八は内心ではうろたえていた。相手が悪い。それに、八丁堀の与力を襲う機会があるとは思えない。そんなことを口にした。

「だいじょうぶ。あの男は妾を囲っています。妾の家にいるところを狙えば、必ずうまくいきます」

山吹吉五郎は深川の熊井町に妾を囲っている。その妾の家でくつろいでいるところを狙えというものだった。

喜太郎は堅気の男とは思えないほど冷静だった。ひょっとして、元はやくざな暮しをしてきた男なのかもしれない。

「遅くともこのひと月以内にやらなければ、時助という男の命はないそうですね」

「きいていいですかえ」

弥八は声を抑えて、

「『赤木屋』さんと幸山宅次郎さまはどんな関係なんですか」

と、相手の顔色を窺った。

「そんなことは、あなたには関係ないこと。と言っては身も蓋もない。これだけは話しておきましょう。幸山さまが江戸にいるころからのつきあいです」

「勘定奉行配下の？」

「よけいな詮索《せんさく》はよしたほうがいいでしょう」

喜太郎は鋭《するど》く言い放った。

弥八は負けずにさらにきく。

「もう、ひとついいですかえ。与力の山吹吉五郎をどうして殺さねばならないのですか」

「そのことも知る必要はない」

喜太郎は突き放すように言う。

このままでは数日のうちに殺しにかからなければならない。実行を出来る限り、先延ばしにしたかった。もっと十分に考える時間も欲しい。

弥八は思いついたことを口にした。

「明日にも殺るってことはやぶさかではない。ですが、一つ気になるんですよ」

「なんですか」

「あっしが佐渡を出たあと、あっさり時助が殺されていたってことはないでしょうね」

「そんなことはない」

「いや、わからねえ。江戸と佐渡じゃ遠い。山吹を殺ったのに時助が殺されていたんじゃ目も当てられねえ」

「何が言いたい」

喜太郎がはじめていらだったような表情を見せた。

「番頭さん、すみませんが幸山さまに文を出してくれませんか。時助にあっし宛ての手紙を書かせてくださいと。あっしは時助の筆跡を知っています。念のために、あっしと時助が出会った場所を書かせてください。それはふたりだけしかしらないこと。このふたつのことから、文が本物かどうかわかります」

「ばかな。そんなことをしていたら約束の期限に間に合わない」

喜太郎が顔をしかめた。

「だいじょうぶです。文が届き次第、すぐに決行します。それがなければ、時助は殺されたものと思いますぜ。もちろん、あっしはこのまま逃げる」

弥八はさらに続けた。

「もし、文が届いたあとに時助を始末していたら、あっしは目的を果したあとに奉行所に自首して出ますぜ。そして、おおそれながらとすべてを訴える」

「わかった。旦那に伝えておきましょう」

喜太郎は苦い顔をして請け合った。

こうして、文が往復する十数日間、猶予《ゆうよ》が生まれた。だが、その間に、うまい解決策を見つけることは出来なかった。

青痣与力に何度相談しようと思ったか。しかし、相談したところで、何が出来ようか。時助は遠い佐渡だ。青痣与力の手の届かない場所にいるのだ。

弥八の裏切りを知ったら、『赤木屋』はすぐに幸山宅次郎に知らせるだろう。それで、時助は首を刎ねられる。つまり、青痣与力に知らせることは時助を見捨てることに他ならない。

それに『赤木屋』の主人光右衛門や番頭喜太郎のことを訴えても、何の証拠もないのだ。佐渡帰りの無宿人が何を言っても信じてもらえるはずはない。

そう考えたら、弥八がとる道はふたつにひとつ。時助を見捨てて、自分ひとりで逃げるか。約束通り、山吹吉五郎を殺すか。

だが、これだけははっきりしている。時助を見捨てることは出来ない。したがって、弥八の進むべき道は約束を果たすしかなかった。

そして、ゆうべ、ついに時助からの文を持って、『赤木屋』の主人光右衛門がじきじきに『福田屋』にやってきた。

「文が届いた」

そう言い、光右衛門は時助の文を寄越した。

そこには時助の拙《つたな》い字で、元気でいることと、弥八とはじめて会った本所の賭場のことが記されていた。

「これで得心がいきましたか」

光右衛門が穏やかな口調で言う。

「ああ、時助が無事なことがわかった」

弥八は頷いた。

「あなたの言い分を聞いたので、私からあなたに注文をだしましょう」

「なんだ？」

「山吹吉五郎とともに妾も始末していただきたい」

光右衛門は不快そうな顔で言った。

「妾も？　妾は関係ない」

「旦那の山吹さまに先立たれたら、妾は路頭に迷うことになるのです。いっしょに仲良く葬《ほうむ》ってやるのが情けではありませぬか」

「そんなことはない。あれだけの器量の女だ。生きていれば、なんとかなる」

弥八は反論する。

「妾と同衾《どうきん》中に山吹を襲うとなれば、当然、妾に顔を見られる。秘密を守るためにも殺しておかねばなりません。ひとり殺るもふたり殺るも同じです」

「面体を隠して殺るから顔を見られる心配はない」

「おまえさんが、このような文を書かせた。その罰《ばつ》です。妾も殺すのです」

光右衛門は眦《まなじり》をつり上げて言う。

「山吹だけ殺って、妾を殺らなかったら？」

弥八はむきになっていい返す。

「幸山さまに、不首尾と文を送るだけです。時助の命も終わる」

光右衛門は無気味な笑みを浮かべ、

「では、頼みました。遅くとも三日以内にお願いします。わかりましたね」

と、抑えつけるように言った。

「わかった」

弥八は深い溜め息とともに答えるしかなかった。

「そうそう、妙な男が家の前をうろついていました」

「妙な男?」

弥八はぴんとくるものがあって、すぐに雨戸を開け、外を見た。あわてて隠れた黒い影が鉄次のように思えた。

言伝てを聞いてやって来たのだと思った。

すぐ戸を閉め、光右衛門の前に戻った。

「あっしの知り合いだ。いっしょに佐渡から帰った男だ。俺に会いに来たんだ」

弥八は正直に答えた。

「そうですか。しかし、会うのはまずい。どんなことから、計画が頓挫《とんざ》してしまうか分かりません。そうだ、明日の朝、あなたにはここから出て行ってもらいましょう」

「出る?」

弥八は驚いてきいた。

「実行のために用意した家があります。そこに移ってください。この三日のうちに殺ってもらいます。そうしないと、佐渡への連絡が間に合わないことになります。幸山さまは気の短い御方だ。約束の期限が過ぎても、私からの文が届かなければすぐに処刑をするでしょう」

「わかった」

「では、私はこれで帰ります。無事に成就《じょうじゅ》をするように祈っています」

光右衛門が引き上げたあと、卯平がやって来た。

「いよいよか」

卯平はやりきれないように言う。卯平は薄々事情を察しているようだ。

「ああ、とうとうそのときが来た」

弥八は溜め息混じりに言う。

「なんとかならねえのか」

「どうしようもねえ。人質《ひとじち》をとられているんだ。人質は脱走を図った男だ。だから、向こうは堂々と死罪に出来る。俺が指示に従うしか他に助ける方法はねえんだ」

「そうか」

卯平は目をしょぼつかせた。

「卯平さん。頼みがある」

「なんだ?」

「鉄次って男が俺を訪ねてくるはずだ。来たら、俺なんかいねえって突っぱねてくれ」

「鉄次だな」

「ああ、俺といっしょに佐渡から帰って来た男だ。奴も、不仕合わせな男だ。なんとか力になってやりたかったが、もう奴に何もしてやることは出来ねえ」

弥八は自分を責めた。

「おめえはこんな状況でも、仲間のことを思いやっていたのか」

卯平が呆れ返ってきく。

「いや。そんなに大げさなことじゃねえ。そうそう、奴に、せっかく助かった命だ、大切にしろと言ってやってくれ。どれだけ、役に立つかわからねえが。そうだ、もし、ほんとうに困ったら青痣与力を訪ねろと」

「おめえ、青痣与力を知っているのか」

「昔、世話になったことがある」

「そうか。わかった。伝える」

「卯平さん。いろいろ世話になった。礼を言うぜ」

「ばかやろう。なんでそんな言い方をするんだ。また、会える。そうだろう」

「ああ、そうだ。きっと会える」

弥八は心の底から絞《しぼ》り出すように言ってから、

「卯平さん。今夜でここは最後だ。酒を呑もうじゃねえか」

「ああ。俺もそう思っていたんだ。今、持ってくる」

立ち上がり、部屋を出て行く卯平の横顔は泣いているようにも何かに怒っているようにも思えた。

格子戸が開いて誰かが出てきた。年配の女だ。住み込みの女か。買い物に行くのだろうか。

妾はほとんど外に出て来ない。ときたま、山吹吉五郎を見送るときに、出てくるだけだ。美しいが、寂しそうな顔をした女だ。日陰の身らしく、人目を避けてひっそりと生きている。そんな感じがした。

赤木屋光右衛門はあの女もいっしょに殺れと言い出した。時助の文の件で、光右衛門が考えた弥八への仕返しかもしれない。

陰険な男だと、腹立たしいが、その条件を呑むしかなかった。山吹吉五郎しか殺らなかったら、幸山宅次郎には不首尾と文を認めると、光右衛門は脅した。

ふたりを殺らねば、時助を救うことは出来ない。きょうの夕方にも、山吹吉五郎がやってくるはずだ。今夜、殺るか。

弥八は深呼吸をし、高ぶる気持ちを静める。

いったん、引き上げようとして、弥八ははっとした。誰かに見つめられているような気がしたのだ。

あたりを見回したが、怪しい人影はない。気のせいだったか。そう思いながら、ふと先日、根津権現前で見かけた男のことを思いだした。

岩鉄に似た男だ。あの男は弥八の尾行を撒《ま》いて逃げて行った。弥八に気づいたからではないのか。

岩鉄が生きていることはあり得ない。脱走の首謀者であり、真っ先に首を刎ねられたのだ。

だが、と弥八はかねてから不審を持っていたことを改めて思いだした。

脱走した者が皆死罪ということで、牢屋から一人ずつ呼び出されて首を刎ねられた。つまり、首を刎ねられたところを見ていないのだ。

岩鉄が生きている。いや、そんなはずはない。たまたま、岩鉄に似た男を見て、混乱を来《きた》したのかもしれない。

いったん弥八は隠れ家のあばら家に帰った。

そして、日が暮れて空き家を出る。今度は匕首を懐にしまい、黒い布も持った。

山吹吉五郎の妾の家にやって来て、四半刻（三十分）後に、頭巾で顔をおおった山吹吉五郎がやって来た。

家の中に消えてから、さっきの婆《ばあ》さんが出てきた。気をきかして、山吹吉五郎がいる間、どこかで時間を潰しているのだろう。

婆さんは門を出てから振り返り、ぺっと唾《つば》を吐いた。弥八は目を疑った。いったい、どんなつもりであんなことをしたのか。

婆さんが出て行ったあとの門の中に、すばやく滑《すべ》り込む。

庭にまわる。小さいながら池があり、鯉が跳《は》ねた。弥八は床下に忍び込む。すぐ上が居間らしい。声が聞こえてきた。

酒でも酌み交わしているのか、山吹吉五郎は饒舌だ。ときたま聞こえる女の声は小さくて聞き取れない。

山吹吉五郎のたわいのない話が聞こえてくるだけだ。ふたりが裸で睦《むつ》み合っている最中に踏みこむつもりだ。

ぞくぞくとしたのは寒さのせいではない。気を落ち着かせるように深呼吸をする。

そのとき、山吹吉五郎の大きな声が耳に飛び込んだ。

「おきみ、前のようにいろんな男に抱かれていたいか」

おきみ……。鉄次の許嫁と同じ名だ。

「さあ、来い」
寝間に誘ったが、女がすぐに動こうとしないので癇癪《かんしゃく》を起こしたのか。
弥八は混乱した。前のようにいろんな男に抱かれていたいかとはどういうことだ。
遊女だったのか。
遊女のおきみ。まさか、そんなことが……。
気がついたとき、弥八は山吹吉五郎の妾の家を飛び出していた。

第四章　無宿人の命

一

翌日の朝、屋敷に文七がやって来た。

いつものように庭先に立った文七が口を開いた。

「ゆうべ、山吹吉五郎の妾の家に、遊び人ふうの男が忍び込みました」

「遊び人ふうの男だと？」

「はい。三十過ぎの筋骨のたくましい男でした。なにやら殺気だっておりました。何かあったら、私も踏みこむつもりで様子を窺っていると、そのうちに飛び出してきました。家の中では何の騒ぎも起こりませんでした」

「何奴か」

一瞬、弥八のことが脳裏を掠めた。自分を佐渡金山送りにした山吹吉五郎に復讐《ふくしゆう》をしようとしたのかとも考えたが、弥八がそこまで恨みを抱いているとは思えない。

たまたま、頑健な人足を選んだ中に弥八や時助がいただけで、弥八を狙い撃ちにしたわけではないのだ。

それに、せっかく佐渡から帰ってこれたのに、これからの江戸暮らしを棒に振るような真似をするとは思えない。

だが、年齢や体の特徴などは弥八に当てはまる。もっとも、そういう体つきの男は世間にはたくさんいるだろう。

「で、その男は?」

「はい。町外れにある空き家に入って行きました」

「よし。あとで行ってみる」

「はい」

文七が引き上げてから、浪人笠をかぶり、剣一郎は屋敷を出た。

一刻(二時間)後に、剣一郎は根津遊廓の裏手にある『湊家』にやって来て、二階の小部屋でおひさと差し向かいになった。

「おひさ。ゆうべ、言伝てを聞いた」

剣一郎は切り出した。

ゆうべ、剣一郎の屋敷に只野平四郎がやって来て、おひさが青柳さまに話があるという言伝てを持って来たのだ。

「はい。今まで、隠していましたが、正直に申し上げます」

おひさは硬い表情で言う。決心したものの、まだ秘密を打ち明けることの後ろめたさと闘《たたか》っているのか。

「左腕に布を巻いていた男は鉄次さんです。佐渡から帰ってきたばかりのようでした」

「鉄次だな。どこに住んでいるかわかるか」

「いえ、わかりません。鉄次さんは根津で遊女になった許嫁を探していました」

「許嫁の名は？」

「おきみだと言っていました」

「見つかったのか」

「はい。『松野楼』でおはるという名で出ていることがわかったそうです。会うのをためらっていましたから、会うべきだと勧めました。だから、会いに行ったはずです。ただ」

おひさは不安そうな顔をした。

「どうした？」

「ゆうべ、鉄次さんを見かけたのです。私のほうにやって来たので、目顔《めがお》で来ちゃだめと言いました」

「町方が張っていたからだな」

「はい。それに、鉄次さんの顔はあまり晴れやかな感じではなかったんです。だから、何かあったのかと心配で。それから、鉄次さんの後ろに人相のよくない男がふたり、ついていたんです。よけいに、心配になって」

「そうか。それで話す気になったのか」

「はい」

「よく話してくれた」

「青柳さま」

おひさは訴えかける。

「鉄次さんは決して悪いひとじゃありません。おきみさんの身請けの金を稼ごうとして、つい横道にそれてしまっただけなんです。どうか、助けてあげてください」

「わかった」

そうは答えたものの、あの押込み一味は新たな計画を企てているはずだ。その前に、鉄次を見つけ出さないとならない。

剣一郎は『湊家』を出てから『松野楼』に向かった。

そろそろ『松野楼』は昼の客を迎え入れるための支度であわただしそうだった。女将も剣一郎の顔を見て、困惑している。

「青柳さま。何か」

おそるおそるきく。

「おはるという妓に会いたい。すぐに終わる」

「わかりました。おはるを呼んでおいで」

女将は近くにいた女中に命じた。

すぐに着飾った女がやってきた。

「おはるか」

「はい」

おはるは目を見張って、剣一郎を見る。

「鉄次を知っているな」

「鉄次さんですか。はい」

おはるは正直に答えたあとで、

「でも、私は鉄次さんが探しているおきみさんではありません」

と、言い添えた。

「鉄次の許嫁ではないと？」

「はい。人違いでした」

「そうか。では、鉄次の住まいも知らないのか」

「はい」

剣一郎は落胆した。

「何か、鉄次の行方を知る手掛かりはないか」

「あの……」

おはるは言いよどんだ。

「鉄次さんのことで、私に会いにきたひとがおりました」

「鉄次の知り合いか」

「佐渡の金山から逃げようとして捕まったけど、運良く死罪にならなかったって言ってました」

「名は？」

「弥八さんです」

剣一郎は思わず溜め息をついた。やはり、弥八は江戸に戻っているのか。

「弥八は、金山から逃げようとして捕まったと言っていたのか」

「はい」

どういうことだと、剣一郎は首をひねった。

脱走を図った者は死罪になるはずだ。なぜ、死罪にならず、江戸にいるのか。

「弥八さんは何か罪になるのでしょうか」

「いや、いまのところ何もしていないからだいじょうぶだ。弥八が何かしようとしているなら早く引き止めなければならない」

「弥八さんの住まいならわかります」

おはるは縋るように言う。

「なに、わかる?」

「はい。鉄次さんがやって来たら伝えて欲しいと住まいを聞きました。神田多町一丁目の荒物屋の『福田屋』にいるそうです」

「そうか。わかった。弥八のことも心配するな。忙しいところをすまなかった」

剣一郎はおはると女将に礼を言い、『松野楼』を出た。

剣一郎は根津から神田多町に向かった。

はじめて弥八を見かけたのは本町一丁目にある『赤木屋』の裏口だ。弥助という名で、下男として奉公したが、一日でやめている。

なぜ、『赤木屋』なのか。『赤木屋』は佐渡奉行とも親しい間柄らしい。特に、佐渡支配組頭の幸山宅次郎とは緊密な仲だと聞いている。

佐渡から帰った弥八が、名を変えて『赤木屋』に奉公しようとしていた。わずか一日でやめたのは、番頭や女中の言うような挙動不審が理由とは考えられない。

弥八はあのとき剣一郎と顔を合わせてしまった。そのことが『赤木屋』をやめさせられた理由ではないか。

弥八は剣一郎に目をつけられてはまずいことがあったのだ。いや、最初、弥八は何かを訴えかけるような表情をした。いっときは、剣一郎に相談しようと思ったのではないか。だが、すぐ気が変わった。

相談しても無理だと思ったのか。

『赤木屋』を出てから神田多町一丁目の荒物屋の『福田屋』に移ったのは、『赤木屋』の世話かもしれない。

弥八は何かをしようとしているのではないか。

神田多町一丁目にやって来た。

荒物屋の『福田屋』はすぐわかった。剣一郎は店先に立った。

薄暗い土間に店番をしている男がいた。剣一郎は白髪の目立つ主人らしい男に声をかけた。

「ご亭主か」

「これは青柳さまで」

薄暗い店内で、主人らしい男の顔は翳《かげ》になっていたが、驚愕したように目を見開いたことはわかった。

「卯平と申します」

と、男は頭を下げた。

「ちょっと訊ねる。ここに弥八という男がいると聞いたのだが」

「弥八は少し前まで二階で居候をしておりましたが、もう出て行っておりませぬ」

卯平は少しあわてた様子で続けた。

「出て行った?」

「はい。急なことでした」

卯平は目を伏せた。

「どこに行ったのかわからぬか」

「聞いてはおりませぬ」

卯平の声が震えを帯びていることが気になった。

「そうか。ところで、どういうわけで、弥八はここで居候をするようになったのだ？」

「ふらりとやってきて、どこか部屋を貸してくれるところがないかときかれ、ちょうど二階が空いているという話をしたらぜひ貸してくれと」

「素性のわからぬ者に貸して不安はなかったのか」

「いえ、実直そうに思えましたので」

「弥八はここに来る前、本町一丁目の『赤木屋』に下男として住み込んだ。そのことを知っているか」

「いえ」

答えるまで間があった。

「『赤木屋』を知っているか」

「はい。じつは、私は以前は『赤木屋』で下働きをしておりました」

「なに、『赤木屋』で？」

「はい」

卯平は消え入りそうな声で答える。

この男は何かを知っている。そう思った。

「弥八は七年前、石川島の人足寄場にいるときに仲間の時助という男といっしょに強引に佐渡金山に送られたのだ。佐渡から帰って来たようだが、なぜか私を避けていた。何かあるのではと気になっているのだ」

「……………」

「もし、何か弥八のことで思いだしたことがあったら、なんでもいいから知らせてくれ。近くの自身番に言えばよい。邪魔した」

剣一郎が外に出かかったとき、

「青柳さま」

と、卯平が呼び止めた。

剣一郎は振り返った。

「弥八さんと話していて、いくつか気づいたことがあります」

「うむ。話してもらおうか」

「はい」

剣一郎はさっきの場所に戻った。

客は来ない。

「私が話したことはご内聞に」

「わかった」

「弥八さんは、何かをやらされようとしています。自分の意志ではありません。それをやらなければ、親しいひとの身に関わることのようです」

「親しいひととは？」

「たぶん、佐渡にいる仲間ではないかと」

「時助か」

「名前はわかりません。それに、弥八さんから直《じか》に聞いたわけではありませんから。弥八さんがそれとなく口にしたことをつなぎあわせ、そう感じただけでございます。ともかく、弥八さんはとても苦しんでおりました」

卯平は用心深く話しているようだ。

「何をやらされるのか、想像がつくか」

「はい」

卯平は言いよどんだ。

「なんだ？」

「誰かを殺すことだと思います」

「わけはわかるか」

「わかりません」

「命令をした人間は？」

「わかりません」

卯平は苦しそうに首を横に振った。

「『赤木屋』に関わりがあるのか」

「さあ。そこまでは……。青柳さま。弥八は追い詰められております。誰にも相談出来ず、苦しんでいるのです。どうか、助けてやってください」

卯平は訴える。

「わかった。なんとしてでも、弥八を止めねばならない。卯平」

「はい」

「もう一度きく。『赤木屋』に関わりがあるな？　心配するな、そなたから聞いたとは言わぬ。弥八を助けるためだ」

「弥八をここに連れて来たのは『赤木屋』番頭の喜太郎です」

「よく話してくれた。必ず、弥八を助け出す」

剣一郎は『福田屋』を出てから、深川に急いだ。

山吹吉五郎の妾の家を見通せる場所に、文七が待っていた。

「さっき、きのうの空き家に行ってみたのですが、男のいる気配はありませんでした」

「ともかく行ってみよう」

「はい。こちらです」

文七の案内で、剣一郎は町外れにある空き家にやって来た。

壁は剝がれかかり、雨戸も外れて下に落ちている。

「近所できいたところ、三年前まで老夫婦が住んでいたそうですが、相次いで亡くなってから住む人間がいなくなったようです」

「それからずっと放りっぱなしか」

「いちおう、地主は芝《しば》のほうにいるらしいのですが、そのままにしてあるそうです。ときたま、浮浪者が入り込んだりしていたそうです」

「よし、入ってみよう」

文七が傾いだ戸をどかすようにして中に入る。剣一郎も続く。

畳も黒ずみ、ぼろぼろだ。障子は破れ、壁も剝げ落ちている。隣の部屋に、道中合羽があった。

それを手にとる。十分に使えるものだ。

「男はここで寝泊まりをしているようだ」

剣一郎は呟き、辺りを見回す。ふと、包帯のような布が落ちているのに気づいた。

「左腕に巻いていたものかもしれぬ」

やはり、弥八だろうか。

「青柳さま。こんなものが」

文七が紙切れを見つけた。

剣一郎はそれを受け取る。手紙だ。稚拙《ちせつ》な字が並んでいる。

……俺はなんとか元気だ。

俺が弥八とはじめて出会ったのは本所の武家屋敷で開かれていた賭場だ。

「弥八だ。この手紙の主は時助に違いない」

なぜ、こんな手紙があるのかわからないが、何らかの理由で、弥八が山吹吉五郎を狙っていることは間違いない。

卯平の言葉が蘇る。

「それをやらなければ、親しいひとの身に関わることのようです」

山吹吉五郎を殺らねば、佐渡にいる時助が殺されるのだ。何者かが、弥八を使って、山吹吉五郎を殺害しようしているのだ。

人質が佐渡にいる。佐渡にいる時助を救う手立てはあるか。剣一郎は崖《がけ》っぷちに追い詰められたような気がした。


奉行所に戻った剣一郎は宇野清左衛門と会った。

「佐渡帰りの弥八という男が山吹どのの命を狙っているようです」

剣一郎は切り出した。

「青柳どの。今、なんと？　山吹どのの命を狙っていると言ったのか」

清左衛門は啞然とした表情できき返した。

「さようでございます。弥八の背後に『赤木屋』がおります。さらに、『赤木屋』と親交のある佐渡支配組頭の幸山宅次郎がいるものと思えます」

「どういうことだ？」

「これはあくまでも想像に過ぎませんが、山吹どのは人足寄場の不正で懐を肥《こ》やしているのではなく、佐渡金山絡みの不正を種に『赤木屋』を脅しているのではありますまいか」

「うむ」

清左衛門ははっとしたような表情をしてから呻くように、

「佐渡金山絡みの不正はかねてから噂されていた。だが、その実態はつかめていなかった。それを山吹吉五郎が摑んだというのか」

「あくまでも、そのように考えられるというだけですが」

「いや。その可能性は十分にある。支配組頭の幸山宅次郎が絡んでいれば可能だ。金山から掘り出した金銀を江戸に運ぶ途中、くすねているのではないか。その金銀が『赤木屋』に持ち込まれている……」

清左衛門は顔を紅潮させ、

「ただちにお奉行に相談し、勘定奉行に……」

「お待ちください」

剣一郎は制した。

「証拠があるわけではありません。しらを切られたら、それ以上追及することは出来ません」

「では、どうするのだ？」

清左衛門はいらだちを隠さずにきいた。

「この件、一切を私にお任せくださりませんでしょうか」

「もちろんだ。青柳どのだけが頼りなのだ」

「じつは弥八の行為には時助という男の命がかかっております」

剣一郎はその説明をしてから、

「弥八も時助も助けたいのです。たとえ、無宿人であろうが、われらと同じ命。どうか、私の裁量に一切をお任せくださいますよう」

剣一郎は両手をつき、熱い思いで訴えた。

「わかった。どんな結果でもわしはいっさい口をはさまぬ」

「はっ。ありがとうございます」

剣一郎は清左衛門の度量の大きさに感謝をせざるを得なかった。

その日の夕方、剣一郎は空き家にやって来たが、まだ弥八は戻っていなかった。

「もう、戻って来ないのでしょうか」

文七が不安を口にした。

「いや、帰ってくる。あの男には他に行くところはない」

そう言ったとき、『松野楼』のおはるを思いだした。

「もしかしたら、『松野楼』かもしれぬ。弥八は、おはるに会いに行ったかもしれない」

「では、ここには……」

「うむ。今夜は来ないかもしれぬな」

しかし、おはるのところに行ったとして、なぜだろうか。殺しを前に、高ぶった気持ちを女に慰《なぐさ》めてもらおうとしたのか。

「ゆうべ、なぜ、弥八はやらなかったのだ。わけでもあったのか」

剣一郎はそのことが気になった。

「根津遊廓に行ってみますか」

文七が言う。

「いや、いい。勝負は明日の夜だ」

「えっ？」

文七が不思議そうな顔をした。

剣一郎は山吹吉五郎にかけるしかないと思った。

二

そのころ、弥八は根津遊廓の『松野楼』に揚がっていた。

酒を浴びるように呑む。

なんてこったと、何度も吐き捨てる。山吹吉五郎の妾はおきみという名だった。鉄次の許嫁だった女だろう。

それだけならまだいい。光右衛門の野郎、山吹吉五郎といっしょに妾まで殺せと言いやがった。

「弥八さん。どうしたんですか」

おはるが心配そうに声をかけた。

しかし、弥八はあの妾が鉄次の許嫁かどうかということで頭がいっぱいだった。

返事をしないでいると、急におはるがくずおれるように畳に突っ伏《つっぷ》した。

「ごめんなさい。あんなことを言って」

おはるが泣きそうな声を出した。

弥八は突然のことに驚いて、

「どうしたんだ？」

と、きいた。

「怒っているんでしょう」

「怒る？　何を怒るって言うんだ？」

「青痣与力のことよ」

「青痣与力がどうしたんだ？」

「弥八さんの居所を教えたの。そのことで、弥八さんに迷惑がかかったんでしょう。だから、怒っているんじゃないの？」

「そうか。青痣与力がここまでやって来たのか」

「ええ、ほんとうは鉄次さんのことで。そのことから、つい弥八さんのことを話してしまったんです。あとで、弥八さんに迷惑がかかったんじゃないかって心配で。そしたらやっぱり、弥八さんは返事もしてくれない」

青痣与力は『福田屋』の卯平を訪ねたのか。

「怒ってなんかいねえ。それに、俺は『福田屋』を出てしまったんだ。だから、青痣与力には会っちゃいねえんだ」

「そう」

おはるは大きく息を吐いた。

「じつはな、探してたおきみって女が見つかったんだ」

「まあ、どこで？」

「身請けされて、ある男の妾になっていた」

「まあ、妾に」

おはるはやりきれないように、

「鉄次さんはご存じなの？」

と、きく。

「いや、あの男にも会っちゃいない。いや、合わせる顔がねえ」

「合わせる顔がないってどういうこと？」

「いや、こっちの話だ」

きのうは山吹吉五郎と妾を同衾中に襲うつもりだった。だが、ふたりの話を盗み聞きして、妾がおきみという名であることを知った。遊女だったらしいから、鉄次の許嫁のおきみの可能性がある。

そのことを知った衝撃から実行に移せず、逃げ帰ってしまった。だが、ほんとうに、鉄次が探していた女だったかどうかはわからない。いずれにしろ、このままでは時助が殺されるのだ。

もがき苦しみながら、おはるに救いを求めにやって来た。おはるから的確な忠告を聞こうとしたわけではない。ただ、おはるのそばにいれば、うまい解決策が見出せるような淡《あわ》い期待もした。

だが、そんな解決策があるわけはない。時助を助けるためには、ふたりを殺さねばならないのだ。

「おはるさん。俺は少しでも心の安らぎを得たくて、おまえに会いに来ただけだ」

「じゃあ、どうして、そんな苦しそうな顔をしているのさ。私じゃ安らぎを得られないの？　私じゃだめなの？」

「そんなことはねえ。おめえといっしょにいるととっても仕合わせな気分だ。出来ることなら、ずっとこうしていてえ」

「弥八さん」

おはるがいきなり弥八の胸にしがみついてきた。

「死んじゃいやよ」

「ばか言うな。死にやしねえ」

「お縄になるような真似もしないで」

「冗談じゃねえ。俺がそんなことするはずねえ」

頬がこわばったのを見透かされないように、弥八はおはるの肩を抱き寄せた。

「今夜は泊まって行くぜ」

「うれしい」

おはるは弥八の胸の襟を広げ、そこに唇をはわせた。

弥八はされるがままになって、またも山吹吉五郎とおきみのことを考え、そして鉄次に思いを馳《は》せた。

仮に、鉄次の許嫁のおきみだったとしても、他人の妾になった女とはもはや縁《えん》が切れたも同然。鉄次のためにも、かえっておきみがいないほうがいいかもしれない。

いや、それより、おきみって名はざらにある。現にこのおはるだってそうだ。やはり、人違いだ。別人だ。よけいなことを考えるのはやめよう。

弥八はそう自分に言い聞かせた。

鉄次は、その日も『赤木屋』から駕籠に乗って出かける光右衛門のあとをつけ、蔵《くら》前《まえ》通りを浅草方面に向かった。

今夜は今までとは違う道を行く。妾のところだと直感し、勇躍しながら駕籠のあとをつけ、駒形《こまがた》から花川戸《はなかわど》に出て、今戸《いまど》にやって来た。

駕籠が停まったのは今戸橋を渡ったところで、光右衛門は駕籠から降り、大川のほうに向かった。

橋の上で引き上げて来た駕籠とすれ違い、鉄次は光右衛門のあとを追う。もはや、妾の家に行くことは間違いない。

大店の寮《りょう》が点在する中に、小体ながら洒落《しゃれ》た家が現われた。光右衛門はそこの小さな門を入った。

鉄次はしばらくして門に近付いた。格子戸が閉まる音がした。光右衛門が中に入ったのだ。

鉄次は門に手をかけた。静かに門を開け、すばやく中に入る。忍び足で、庭にまわった。母屋の近くの植え込みに身を隠したとき、いきなり犬の唸り声が聞こえた。

庭先の木に紐《ひも》で結わかれているのでこっちにこれないだけだ。暗がりに目が光った。かなり大きな犬だ。

いきなり、雨戸が開き、廊下に人影が現われた。

「ごん太《た》、どうしたの」

女の声がした。

暗くて顔がわからない。が、若い女だ。その背後からもうひとつの人影が現われた。光右衛門だ。

「どうした？」

犬の唸り声が大きくなった。

「誰かいるのか。ごん太を放してみなさい」

「はい」

女が庭下駄を履いて庭に出た。

違う。おきみではない。女が犬の首輪に手を持っていった。

鉄次はすぐに踵《きびす》を返して走った。紐を外された犬が向かってくる。鉄次は小枝をかきわけて門に向かった。

背後に犬が迫った。間一髪《かんいっぱつ》で、鉄次は門を出て素早く閉めた。犬が門扉《もんぴ》にぶち当たる大きな音がした。

鉄次は一目散に人気のない暗い道を駆けた。違った。おきみじゃなかった。鉄次は絶望に向かって走っていった。

夜が明けた。寒さで目を覚ました。隣りにおはるはいなかった。厠《かわや》に行ってから部屋に戻ると、おはるが待っていた。

「寒いでしょう。きょうは冷えるわ」

火鉢に火を熾しながら、おはるが言う。

「夕方までいていいかな」

「ほんとう？　うれしいわ」

おはるが笑みを浮かべた。

その日、弥八は安らかな一日を過ごし、七つ（午後四時）になって、帰り支度をはじめた。

「とても楽しかったぜ。礼を言う」

弥八が言うと、おはるは悲しそうな目をした。

「また来てくださいね」

「ああ、来る。それから」

弥八は巾着を取り出し、

「五両はある。ここの勘定を払い、残りは持っていてくれ」

「弥八さん、何をするの？」

おはるが怖い顔で見つめた。

「何の話だ？」

「これよ」

弥八の懐に手を入れ、匕首を掴んだ。

「護身用だ」

「嘘」

「…………」

「やめて、ばかな真似は。こんなの使ったら、弥八さんはこの先……」

「ああ、一生逃げまわる暮らしになる。だが、俺はどっちにしろ、日陰の身でしか生きちゃいけねえんだ」

「そんなことない」

「俺はな、佐渡金山から脱走を図ったが失敗して捕まった人間なんだ。死罪になるところを、ある役目を引き受けることで死罪にならずに済んだ。だが、俺がその役目を果たさないと、俺の大事な友が殺されてしまうんだ。俺はそいつを助けたいんだ」

「逃げることは出来ないのね」

「出来ない。逃げたら、俺は一生後悔する。それに、俺自身も脱走した人間として追われる身になる」

弥八は自嘲して続けた。

「所詮、俺たち無宿人はこういう末路を辿《たど》るようになるんだ。好き好んで無宿の道に入ったわけではないのにな」

おはるは弥八の体にしがみついたままくずおれた。

「私だって好き好んで苦界に落ちたわけじゃない。世の中って、不公平よね。どうして、私たちみたいな貧乏人をいじめるのかしら」

おはるは弥八の腰にしがみついて嗚咽《おえつ》をもらした。

「底辺で、もがきながら生きていくしかねえ。でも、それだって命あっての物種《ものだね》だ。俺は時助を助けたいんだ。助かっても、どうせ明日に希望のない日々が待っているだけだ。それでも俺は時助を助けてえ」

弥八は呻くように言った。

「もう、行かねえと」

「いやよ、いやよ、もう何もかもいや」

おはるは泣きじゃくった。

「そんなことを言うもんじゃねえ。確かにおめえは苦界に身を沈めているが、俺と違って罪を犯しているわけじゃねえ。きっと、いつかいいことがある。それを信じて頑張るんだ。俺のぶんまで……」

あとの言葉を呑んだ。

「そろそろ行かねえと」

「いや」

「さあ、また来るから」

「ほんとうよ」

「ああ、ほんとうだ」

弥八はおはるの体を押しやり、部屋を出た。

階下に行き、土間に下り立った。おはるがついてきた。

「またな」

戸口で言う。

「待っているから」

おはるの目尻が濡《ぬ》れている。

「じゃあ」

一歩外に出ると、小雪が舞っていた。

「雪か。どうりで寒いと思ったぜ」

そう言いながら足を踏み出したとき、

「待って」

と、おはるが唐傘《からかさ》を持って出て来た。

「持って行って」

「これぐらいの雪、なんともねえ」

「だんだん激しくなるわ」

「今年は雪の多い冬だ。じゃあ、貰っておく」

「貸すのよ。必ず、返しに来て」

おはるが嗚咽混じりに叫んだ。

その声を背中に聞いて、弥八は傘を差して雪の中を急ぎ足になった。

おはるの言うように雪は激しくなった。途中、何度も傘に積もった雪を落とさねばならなかった。永代橋に差しかかった頃には辺りは薄く雪に覆われていた。

橋の勾配《こうばい》に足がとられそうになる。橋を渡ったとき、前を行く侍に気づいた。山吹吉五郎のような気がした。

こんな天気でも女に会いに行くのだ。いかに、女にべた惚れかがわかる。左手に傘を持ち、かじかまないように懐に突っ込んだ右手は匕首を握っている。

やはり、前を行く侍は例の黒板塀の家に入って行った。今夜、決行するつもりだった。もはや残された時間はない。

弥八はいったん空き家に行き、一刻（二時間）ほど過ごした。その頃には雪はだいぶ小降りになっていたが、外に出るとすっかり雪化粧が施《ほどこ》されていた。

弥八は再び山吹吉五郎の妾の家にやって来た。雪の夜に、外を歩いている人間はほとんどいなかった。

門を開け、中に入る。庭にまわり、母屋の床下に入る。居間から話し声は聞こえない。寝間に移ったようだ。

弥八は床下を出てから、匕首の先で雨戸を浮かせて外し、廊下に上がる。障子に耳を当て、中の様子を窺い、障子を開けた。

誰もいない。向こうの部屋の襖に近付くと、激しい男の喘ぎ声が聞こえた。弥八は思い切って襖を開けた。

女の上にまたがった山吹吉五郎の裸の体が目に飛び込んだ。見苦しい姿だ。弥八は無性に腹が立って、驚愕してこっちを見ている男に足蹴《あしげ》をくわえた。

あっと叫んで、山吹吉五郎は部屋の隅に転がった。

「何奴だ?」

起き上がりかけたところに、再び足蹴をし、呻いて倒れたところを落ちていた帯で後ろ手に縛り上げた。

女は着物を抱えて震えている。

「着ろ」

女に言う。

「きさま、こんなことをしてただですむと思うのか。わしを誰だと思っているんだ?」

吉五郎が喚いた。

「石川島人足寄場掛与力の山吹吉五郎だろう」

「おまえは誰だ?」

「弥八って男だ」

「弥八……。なぜ、こんな真似をするんだ?」

女の前なので強がっているのだろうが、吉五郎の声は震えを帯びている。

「覚えてないのも無理はねえ。七年前だからな」

「七年前？」

やはり、覚えていない。無宿人は誰もいっしょだったのだろう。

「そんなことはいい。あんたの命をもらうように頼まれた。覚悟をしてもらうぜ」

「待て。誰だ、誰が……。あっ、まさか、赤木屋か。光右衛門か」

「心当たりがあるのか」

「知らぬ」

「俺が直接頼まれたのは佐渡でだ。佐渡支配組頭の幸山宅次郎からだ」

「なに、幸山宅次郎……」

吉五郎は悲鳴を上げた。

「じゃあ、死んでもらうぜ」

「待て。待ってくれ。金ならやる。いくらだ。いくら出せばいい」

「この女ももらおうか」

「やる。女もやる。だから、見逃してくれ」

「大事な女を差し出して命乞いか」

弥八は匕首を抜いた。

「なあ、助けてくれ。頼む」

吉五郎は褌《ふんどし》ひとつの見苦しい姿で泣き喚いた。

「あんたを殺らなきゃ、俺の大事な友が死ぬんだ。今までさんざんいい思いをしてきたんだ。もういいだろう、この世とおさらばしても」

弥八は吉五郎に迫った。

「助けてくれ。死にたくない」

「だめだ。覚悟してもらおう」

弥八は匕首を吉五郎の心の臓に当てた。吉五郎はがたがた震えている。

「じゃあ、行くぜ」

弥八が手に力を入れようとしたとき、突然、鋭い声がした。

「弥八、やめるんだ」

はっとして、弥八は振り返った。

「あっ」

弥八は目を疑った。

青痣与力が立っていた。

三

剣一郎は弥八が侵入したあと、文七といっしょに家に入り、ぎりぎりまで待って飛び出した。

「弥八。それまでだ」

「青柳さま。こいつを殺らないと、時助の命がないんです。お見逃しください」

「そなたはひと殺しになる」

「構いません。時助を助けてやりてえ。奴には信州諏訪に母親がいるんです。佐渡金山の人足小屋で、母親に会いてえ、会ってひと言詫びがしたいと言ってました。奴の願いを叶えさせてやりたいんです」

「必ず、時助を助けられるという保証があるのか」

「えっ？」

「奉行所与力殺しの真相を知る弥八と時助を生かしておくと思うのか」

「まさか……」

「山吹どのを殺ったあとで、そなたは殺される。脱走を図った罪があるのだ。そなたを始末する口実はあるのだ」

「そんな……。じゃあ、時助はもう助からないってことですかえ」

弥八は呆然とした。

「いや。まだ諦めるのは早い。山吹どのだ。山吹どののみが時助を助けることが出来る」

「えっ、この男が？」

弥八が蔑むような目を山吹吉五郎に向ける。

「そうだ」

「青柳さま。ほんとうに、時助を助けることが出来るんですね」

「弥八。私に任せろ」

「はい」

「では、帯を解いてやれ」

「へえ」

弥八は焦って山吹吉五郎を縛っている帯を解いた。

「山吹どの。まずはお着物を召してください」

青ざめた表情で、吉五郎は着物を着た。最後に帯をしめたあとで、改めて怒りが湧いてきたのか、いきなり喚いた。

「きさま。俺を虚仮《こけ》にしやがって」

山吹吉五郎が弥八に向かっていこうとした。

「おやめください。見苦しいですぞ、山吹どの」

剣一郎が鋭く言い放つと、吉五郎ははっとしたように立ちすくんだ。

「山吹どの」

剣一郎は吉五郎の正面に立ち、

「あなたはご自分のしてきたことをどう申し開きするつもりですか。このような家に妾を囲い、贅沢な暮らしをしてきた。その金はどこから得たのですか」

「わしの財産からだ」

「これ以上、見苦しい嘘はやめてください。あなたは、『赤木屋』から金を得ていたのではありませんか」

「…………」

「『赤木屋』が佐渡支配組頭の幸山宅次郎とつるんで佐渡金山から江戸に送り込まれる金銀の中からくすねて私腹をこやしていることに気づいた。おそらく、無宿人狩りなどに手を貸しているうちに、その横流しに気づいた。それで、『赤木屋』の光右衛門と佐渡支配組頭の幸山宅次郎を脅した。違いますか。そんなことを言うなら、証拠を見せろという光右衛門に、あなたは何かの証拠を摑み、光右衛門を脅した。口止め料として分け前をもらっていたんではありませぬか」

「違う」

吉五郎は弱々しく首を横に振った。

「しらを切っても無駄です。山吹どの、じつは宇野さまの屋敷に投げ文がありました。そこには、石川島の人足寄場で山吹どのが不正を行ない、贅沢三昧《ざんまい》の暮らしをしていると認めてありました」

「なに」

「さっそく、宇野さまが人足寄場を調べました。しかし、不正の痕跡は見つかりませんでした。だが、山吹どのが贅沢三昧の暮らしをしていることは事実。そこで、山吹どのはどこから余分な金を得ていたのか」

顔面蒼白《そうはく》になった吉五郎を見据え、

「山吹どの。もはや、山吹どののことは宇野さまも……」

「俺は、俺はどうなるのだ」

「山吹どの。見苦しい真似はやめなされ」

吉五郎ははっとしたように目を見開いた。

「あなたのすべきことは、すべてを正直に話すことです。『赤木屋』と幸山宅次郎の不正を暴くことです。それでしか、あなたさまに明日はありません。逃げれば、すべてを失うことになります」

吉五郎は肩を落とした。

「山吹どの。私にお任せください。さすれば、あなたさまの破滅だけは食い止められましょう」

吉五郎の荒い息が徐々に治まってきた。

ゆっくり顔を上げ、

「わかった。青柳どのに一切を任せる」

と、言い切った。

「弥八も俺に任すのだ」

「はい」

弥八は大きく頷いてから、

「青柳さま。このひとにききたいことがあるんです。きいてもよろしいでしょうか」

と、妾のほうを見た。

「構わぬ」

「へい」

弥八は妾の前に行き、

「おまえさん、おきみさんと言うのかえ」

と、声をかけた。

「はい」

何が何だか分からない様子で、怯《おび》えながら、おきみは頷いた。

「三年前まで、本所亀沢町の伊兵衛店に住んでいなかったかえ」

「はい。住んでいました」

「なに、住んでいた？　じゃあ、鉄次を知っているか」

「えっ、鉄次さんをご存じなのですか」

「知っている。今、江戸に帰ってきて、おまえさんのことを探し回っているぜ」

「そうですか」

おきみが喜色を見せたのは一瞬で、すぐやりきれないように首を横に振った。

「もう、私は鉄次さんに会うことは出来ません。汚れた私には、そんな資格はありませんから」

「おきみ」

剣一郎が声をかけた。

「人間は心が第一だ。そなたの心は少しも汚れてはおらぬ。鉄次はそなたが苦界に身を沈めたことを知り、根津遊廓を探し回っていたそうだ」

「ほんとうですか」

おきみは溜め息をついた。

「いつ身請けを？」

「二年前です。『赤木屋』の旦那に身請けされました」

「なに、光右衛門に？」

「はい」

「では、山吹どのとは？」

剣一郎は吉五郎を見た。

「半年前に、俺が赤木屋からもらい受けた」

吉五郎が先に言った。

「そうなのか」

「はい、そうです」

「ばかな。ものではあるまいし。山吹どのが威しとったのか」

「いや。赤木屋が俺の口を封じるために……」

吉五郎は消え入りそうな声で言う。

「山吹どの。これから『赤木屋』に行っていただきます」

「これから？」

「ひとの命がかかっているのです。弥八もついて来るのだ」

「へい」

「おきみ。よいか、明日、改めて今後のことを相談する。早まった考えを持つではない。よいな」

鉄次に合わせる顔がないと思い込み、ここから姿を消してしまわないように釘《くぎ》を刺したのだ。

「私には他に行くところなんてありませんから」

おきみは寂しそうに笑った。

「では、出かける」

剣一郎たちは外に出た。雪は止《や》んで、月が出ていた。月影に映《は》える雪を踏みしめながら、夜更《よふ》けの町を本町一丁目の『赤木屋』に向かった。

『赤木屋』の前にやってきた。文七が潜り戸を叩く。

覗き窓が開いた。

「南町の青柳さまが急用です。開けてください」

剣一郎の顔を確かめたのか、すぐに潜り戸が開いた。

あっと叫んだのは、番頭の喜太郎だった。

「山吹さま。弥八まで……」

「光右衛門のところに案内せよ」

「いったい、なにが」

「よいか、『赤木屋』がなくなるかどうかの瀬戸際《せとぎわ》だ。この顔ぶれを見れば何があったか想像はつくはず」

剣一郎は叱りつけるように言う。

「は、はい」

番頭は足をもつれさせながら奥に向かった。そのあとをついて行く。

喜太郎が主人の部屋の前の廊下に腰を下ろし、

「旦那さま、旦那さま」

と、二度呼びかけた。

「なんだ、騒々しい」

光右衛門が障子を開けた。

「赤木屋光右衛門。南町の青柳剣一郎だ。佐渡金山に絡む不正、および奉行所与力山吹吉五郎殺害の指示の疑いにより事情をきかせてもらおう」

「なんのことやら」

「光右衛門。『赤木屋』を潰してもよいのか」

剣一郎が叱りつけると、光右衛門の顔色が変わった。

内儀が不安そうに顔を覗かせた。

「引っ込んでいなさい」

光右衛門は内儀を追いやった。

「赤木屋。へたに言い訳をして、あとで後悔するようなことはしてくれるな。弥八を使い、ここにいる奉行所与力山吹吉五郎を殺そうとしたことは間違いないな」

「間違いございません」

光右衛門は観念したように言う。

「なぜ、殺そうとした？」

「…………」

「ここに山吹どのがいるのだ。隠し立ては無駄だ」

「はい。正直に申し上げます。私どもは佐渡支配組頭の幸山宅次郎さまと手を組み、佐渡金山から江戸に運び込まれる金銀をくすねておりました。去年の春先、両者の取り分などを決めた約定が何者かに盗まれました。財布に入れていたのを掏《す》られたのでございます。それから、今年になって山吹さまが私どもの前に現われたのでございます」

剣一郎は確かめるように山吹吉五郎を見た。

「そのとおりだ。わしは人足寄場からの帰り、鉄砲洲稲荷の近くで財布を拾った。掏《す》摸《り》が金だけ抜いて捨てたのだろう。その中に文が入っていた。わしはぴんときた。それで、ひそかに調べ、不正がわかった」

吉五郎は顔をしかめながら言う。

「そのことで、山吹どのから強請《ゆす》られていたというわけだな」

「はい」

「山吹どの。その約定はどこに?」

「肌身離さず持っている。大事なものだからな」

「わかりました。それをいただきましょう」

「わかった」

素直に、吉五郎は約定の紙を出した。

剣一郎はさっと見てから自分の財布の中にしまった。

「ところで、赤木屋。なぜ、山吹どのを殺すのに弥八を選んだのだ？」

「幸山さまのお考えでした。弥八、いえ弥八さんは七年前の無宿人狩りのとき、石川島の寄場人足から駆り出された者ゆえ、あとで下手人が弥八さんとわかってもそのときの恨みを晴らしたことに出来る。それに、弥八さんは剣術の心得があり、確実に殺せる。そう言っていました」

「なるほど。だが、妙だな。なぜ、脱走した集団に弥八がたまたまいたのだ？　そのような偶然があるのか」

剣一郎は疑問を呈《てい》した。

「弥八。あの脱走で、何か不審を覚えたことはなかったか」

「不審ですか。一番不思議に思っていたのはうまく逃げられたはずなのに追手に先回りされていたことです。それから、死罪になるとき、一度に処刑されるわけではなく、ひとりずつ牢から出されて首を刎ねられました。そのこともあとから考えれば妙な気が……」

「なるほど。で、脱走を言い出したのは誰だ？」

「はい。入れ墨者の岩鉄って男です」

「つまり、岩鉄が首を刎ねられたのを見ていないのだな」

「ええ。見ていません。あっ」

　突然、弥八が叫んだ。

「青柳さま。いつぞや、根津権現で岩鉄に似た男を見かけました。そんなはずはないと思いながらよく似てたのであとを追いました。撒かれてしまいましたが」

「その者は岩鉄に違いない」

　剣一郎は言い切った。

「えっ？」

「岩鉄は放免されることを条件に、弥八と時助を引き入れての脱走を図った。幸山宅次郎が企んだ罠《わな》だ」

「そうだったのか。ちくしょう、岩鉄のやろう」

　弥八は歯嚙みをした。

「弥八や時助は奸計《かんけい》にはまっただけで、脱走の罪には当たらぬ」

「青柳さま」

弥八は頭を下げた。

「ところで、赤木屋」

剣一郎は改めて光右衛門を見た。いっぺんに老け込んだように背中を丸め、悄然とうなだれている。

「このような大規模な不正は、赤木屋と幸山宅次郎どののふたりだけで出来るものではない。かなり大がかりに行なわれているのではないか」

「はい」

光右衛門は虚《うつ》ろな目で小さく頷く。

「佐渡奉行も絡んでいるのか」

「どこまで絡んでいるかは知りませんが……」

「江戸のほうでも、かなり絡んでいるであろう」

「………」

光右衛門は無言で頷いた。

「場合によっては、大騒動になる。関わったものは破滅だ。今の身分を失い、財産も没収され、身は遠島」

光右衛門は身を震わせた。

「だが、光右衛門。唯一、助かる道がある」

「えっ？」

光右衛門は縋るように身を乗り出し、

「それはほんとうでございますか」

「うむ。ただし、今後、不正から足を洗うことを約束してもらわねばならぬ。もちろん、今後、監視を厳しくするよう進言するつもりだから、今までのようなことは出来なくなるがな」

剣一郎は釘を刺してから、

「さて、赤木屋。これから言うことをよくきくのだ。これしか、『赤木屋』の暖簾を守る手立てはないと心得よ」

「はい」

「佐渡で、水替人足の時助という男が捕まっているらしいな。いまだ、無事であろうな」

「はい。大事な人質にございますから」

「では、ただちに放免するように幸山どのに文を書くのだ。もちろん、すべて悪事が露顕《ろけん》したことを告げ、助かる道はそれしかないことを訴えよ。万が一、時助の命が奪われたら、わしは徹底的に関係者を壊滅させるとな」

剣一郎は強い口調で脅した。

「は、はい。わかりました。必ず、申しつけの通りに」

光右衛門は大仰に叫ぶように言った。

「それともうひとつ。そのほうに伜がおるな。伜に代を譲り、番頭の喜太郎ともども商売から身を引いてもらわねばならぬ。よいな」

「はい。かしこまりました」

「青柳どの」

山吹吉五郎が声をかけた。

「わしはどうなるのだ?」

「これだけのことをしでかし、奉行所の信用を著しく損ねた責任は万死に値しましょう。死罪は免れませぬ」

「………」

青ざめた顔で、吉五郎は絶句した。

「なれど、罪を悔い改め、すべてを洗いざらい打ち明けたることは情状酌量の余地があるものと考えます。山吹の御家はお守りするようにいたしまする。ご子息に家督を譲り、山吹どのには隠居していただくことになりましょう」

「すまぬ。このとおりだ」

吉五郎は跪《ひざまず》いて土下座をした。

「山吹どの。宇野さまに投げ文をした者に心当たりはありませんか」

「思い当たるのは、あの住み込みの婆さんだ。あの婆さんは表向きには俺に従順だったが、内心ではおきみに同情し、俺を毛嫌いしていた。一度、奉行所で一番えらい御方は誰ですかときかれ、宇野さまだと教えたことがある。わしを貶《おとし》めようとして、宇野さまに……。食えぬ婆さんだ」

吉五郎はただはかなく笑っただけだった。

「弥八」

剣一郎は呼びかける。

「鉄次を探すのだ。あの一味はまたやるはずだ。鉄次を救うためにも、新たな犠牲《ぎせい》者を出さぬためにも押込みを阻止せねばならぬ」

「はい。必ず、鉄次を見つけ出します」

「よし。では、赤木屋。すべては、時助を助けられるかにかかっている。明日にでも佐渡に向けて早飛脚を立てよ」

「はい」

赤木屋が手紙を認めるために立ち去ったあとで、剣一郎は独断専行したことでの責任をとる覚悟を改めて固めた。

四

翌日の昼間、浅草福井町一丁目にある道具屋『小金屋』の居間で、鉄次はおかしらの太市に訴えていた。脇に十蔵と利助が恐ろしい形相で睨んでいた。

「どうか、お許しを」

「てめえ、そんな勝手が許されるとでも思っていやがるのか」

長火鉢の前で、太市は眦《まなじり》をつり上げた。

「てめえ、それでも佐渡帰りか」

太市は煙管を突き付けるようにした。

「情けない男だねえ」

情婦のおはつが蔑んだような目を向けた。

「金さえあれば、女なんて自由になるんだよ。そんな女のことなど忘れ、おもしろおかしく生きた方がいいじゃないか。そうだろう」

「でも、あっしには……」

「いいか。ここにきて外れることは許されねえ。どうしてもって言うなら、おめえには死んでもらわなければならねえ」

「へえ」

鉄次は背筋が寒くなった。

「鉄次。こうしよう。今度の仕事を終えたら、縁を切ってやろう。なら、いいだろう」

いやだと突っぱねれば、殺されると思った。こうなったら、やるしかない。どうせ、おきみとはもう二度とあうことは出来ないのだ。

「わかりやした。今度の仕事で大金を手に入れ、姐《ねえ》さんのいうようにおもしろおかしく生きることにします」

「そうだ、そうしろ」

太市が十蔵と目配せして笑った。

「鉄次。その気になってくれて安心したぜ」

十蔵は無気味に笑った。

鉄次はふたりの笑みの意味を悟った。いや、考えるまでもない。この連中は、今度の仕事が終わったら俺を始末する腹だということはわかっている。

「へえ、すまねえ。これからもよろしく頼む」

鉄次は十蔵に頭を下げた。

「ああ、しっかりやろうぜ」

言ってから、十蔵は含み笑いをした。

「やるのは今度の強風の夜だ。ぬかりなくな」

利助が頬を歪めて言う。

「わかった」

「鉄次。これから火を付ける辺りに下見に行く。ついて来い」

十蔵が立ち上がって言う。

「へい」

太市の前から辞去し、鉄次は十蔵と利助の三人で『小金屋』を出た。

左衛門河岸《さえもんがし》から新《あたら》シ橋《ばし》を渡り、柳原通りに入る。途中、岩本町《いわもとちょう》のほうに曲がって神田鍋町にやって来た。

ここに今度の狙いの呉服屋の『加賀屋』がある。

『加賀屋』は漆喰《しっくい》の土蔵造りで、広い間口に客の出入りがはげしい。

「相変わらず、繁昌《はんじょう》しているぜ」

利助が楽しそうに言う。

「これだけの店だ。奉公人の数も多い。だから人手は多いほうがいいんだ」

十蔵が小声で言う。

それから、さらに鍋町を突っ切って多町のほうに向かった。

「いいか。そのときの風の吹き具合によるが、火を付けるのはこの辺りだ」

多町一丁目にやって来て、十蔵が言う。

当夜、『加賀屋』が風下になるような場所で火を放つ。その火付けの役が鉄次と十蔵だった。火を付けたあと、すぐに『加賀屋』に向かい、押込みの手伝いをする。

鉄次は黙って頷いたあとで、

「おかしらの兄弟分の源七親分が下男を手なずけたと言ったけど、手なずけるには相当な時間がかかったんじゃねえのか。酒を呑ませたり、女と遊ばせたりして」

と、わざと顔をしかめて言う。

「それがどうした？」

「おかしらは、源七親分の手を借りると言ってたけど、ほんとうはこっちが源七親分の応援じゃねえのか」

「何が言いたいんだ？」

「いや。人数は少ないが、分け前は向こうがどっさり持って行ってしまうんじゃないかって気になったんだ」

鉄次はわざと源七に疑いを向けるように言った。

「ばかな。そんなはずはねえ」

「ほんとうか。おかしらと源七親分とで半々ってことはないのか。半分を俺たち大勢で分けるなんて割が合わねえからな」

「ばかな」

十蔵が吐き捨てた。

「いや、どうかな」

利助が首をひねった。

「なんだ、利助まで」

「鉄次の言うこともっともだ。兄弟分と言うが、源七親分のほうが兄貴分のはずだ」

「ばかな。分け前は対等だ」

十蔵が言い返す。

「あとで、おかしらに確かめてみたほうがいいんじゃないですかえ」

鉄次は煽《あお》るように言う。

「もちろんだ」

鉄次は腹の内で北叟笑《ほくそえ》む。疑心暗鬼《ぎしんあんき》にさせ、押込みをやる前に仲間割れを引き起こさせようとしたのだ。

もっとも、どれだけ効果があるかわからない。

「おい、町方だ」

いきなり、十蔵が小さく叫んだ。竪大工町《たてだいくちょう》のほうから同心がやって来る。

「鉄次はすれ違わねえほうがいい。左腕の件がある。ばらばらになろう。少し時間を置いてここで落ち合おう。俺は反対方向に行く」

十蔵は言い、利助は来た道を戻るという。

「あっしはこっちに。じゃあ」

素早く、鉄次は路地に入り、身を隠した。

同心が行き過ぎてから、鉄次は通りに出た。竪大工町のほうに歩きかけて、あっと気づいて立ち止まった。

弥八がいた『福田屋』という荒物屋が目の前にあった。

ここの亭主は、弥八のことを知らないと言ったが、嘘だ。こっちが佐渡帰りだと見抜いたのは弥八から何か聞いていたからではないか。

あの亭主の言葉が蘇る。

「じつは俺の知り合いにも佐渡帰りがいたんだ。止むを得ぬ事情から、また法に背くような真似を……。おまえさんはそんなことあるまいと思うが、せっかく助かった命だ。大切にすることだ」

その言い方に温かみがあった。

この付近に火をかけられたら、ここはひとたまりもない。そう思うと、じっとしていられなくなった。

十蔵や利助がいつ戻ってくるかわからない。猶予《ゆうよ》はなかった。鉄次は素早く『福田屋』の土間に入った。

「おや、おまえさんはこの前の……確か、鉄次さんではないですか」

「すまねえ。手短に言う。青痣与力に伝えてもらいてえ。今度の強風の夜、この付近で付け火がある。それと同時に鍋町の『加賀屋』が襲われる。『加賀屋』の下男は賊と通じている。わかったかえ。頼んだ」

「おい、待て」

鉄次は外に飛び出した。通りをさっきの場所に向かうと、十蔵や利助がすでに戻っていた。


その日の夕方、弥八は多町一丁目の『福田屋』の店先に立った。

店番は卯平の妻女がしていた。

「まあ、弥八さん」

妻女はすぐに立ち上がってきた。

「卯平さんは？」

「さっきあわてて出かけたきり、まだ戻って来ていないの。さあ、上がって」

「へい」

弥八は二階に上がった。

妻女がいれてくれた茶を飲んでいると、梯子段を駆け上がる音がして、卯平が部屋に飛び込んできた。

「卯平さん」

「弥八さん。聞いたぜ。よかったな。安心したぜ」

「聞いたってなんだえ」

「青柳さまからみな聞いてきた」

「卯平さん、青柳さまのところに？」

「そうよ。じつは、鉄次さんがやってきた」

「鉄次が」

「そうだ。青痣与力に伝えてくれと。とんでもない内容だったので、青痣与力を探し回り、やっとお会いしてきたんだ」

その内容を聞いて、弥八は衝撃を受けた。鉄次は火付け盗賊の仲間に入っていたのだ。

「心配しても仕方ない。あとは青柳さまにお任せするのだ」

「わかった」

青柳さまならきっとなんとかしてくれる。弥八は鉄次のために祈った。

「これからどうするんだ？」

「よかったら、しばらくここにいさせてくれねえか」

「もちろんだ。それより、どうだ。この店を継いでみねえか。ここで、新しい出発をしてみろ」

「卯平さん、ありがてえ」

弥八はつい涙ぐんだ。


その夜、弥八は根津遊廓の『松野楼』に揚がった。

ずっと胸の奥でくすぶっているものがあった。おはるへの思いだと気づいたとき、弥八は迷わずおはるに会いにやって来たのだ。

「弥八さん、無事だったのね」

おはるが弥八にしがみついた。

弥八はおはるの肩を抱き、

「心配かけたな。また、青柳さまに助けていただいた。青痣与力だよ」

「よかった。ほんとうによかった」

おはるはあとは言葉にならなかった。

「おはるさん」

長い抱擁《ほうよう》のあと、弥八が声をかけた。

「俺はこれから堅気の商売をはじめる。俺にはおまえを身請け出来る甲斐性《かいしょう》はねえ。

だが、おまえが年季明けになるのを待つ。そしたら、俺のかみさんになってくれねえか」

「おかみさんに……」

おはるが目をうるませた。

「ほんとうなの？」

「ああ、ほんとうだ。俺のかみさんになってくれるかえ」

「うれしい」

「いいんだな」

こんなに穏やかで仕合わせな気分を味わったのは生まれてはじめてだと、弥八は思った。

五

昼過ぎから吹きはじめた風は夕方になってさらに強くなった。

剣一郎は神田多町一丁目の暗がりに潜んだ。この界隈には隠密廻りの作田新兵衛らも張り込んでいる。鍋町の『加賀屋』には植村京之進が秘かに入り込んでおり、『加賀屋』の周辺には捕方同心が待機している。

凍《い》てつくような寒気が襲いかかる。鳶の者の火の番の見廻りがときたま横丁を横切る。強風で提灯が危険なので、暗い夜道を拍子木《ひょうしぎ》の音だけが響きわたった。

やがて、四つ(午後十時)になるところだった。町木戸が閉まる。すでに、押込みの連中は鍋町に入っているはずだ。

さらに四半刻(三十分)経ったころ、黒っぽい股引きにやはり黒い着物を尻端折りした男がふたり現われた。

ふたりは裏通りに向かった。剣一郎はあとをつけた。

ふと、ふたりが暗闇に消えた。しまったと思っていると、近くで争うふたつの影が目に入った。

「きさま、裏切るのか」

男が叫ぶ。

「こんなことをしたらたいへんなことになる。そうはさせねえ」

「やろう」

もみあっているふたりのそばに、剣一郎は駆け寄った。

「待て」

はっとしたように、ひとりが飛び退いた。

「鉄次。てめえ」

男がいきり立ち、匕首を抜いて鉄次に突進した。剣一郎は素早く鉄次の前に飛び出し、相手が突き出した匕首を十手《じって》で弾《はじ》いた。

「やめるんだ。南町だ。もう、ここは包囲されている」

「十蔵さん。すまねえ」

鉄次が詫びた。

「ちくしょう」

十蔵は凄まじい形相《ぎょうそう》で叫んだ。

「このものを自身番に留め置くように」

奉行所の小者に十蔵を自身番に連れて行くように言ってから、

「鉄次か」

と、剣一郎は声をかけた。

「へい、さようでございます」

鉄次は神妙に応じた。

「押込みは何奴だ？」

「はい。小金井の太市と佐久の源七が手を組んでいます。『加賀屋』の下男を除き、一味はあと八名です」

「わかった。鉄次。手を貸してもらいたい」

「へえ、なんなりと」

「よし。『加賀屋』に向かうか」

鉄次に指示を与えてから、剣一郎たちは鍋町に向かった。

強風が家々の雨戸を叩き、物が空中を飛び、通りには桶《おけ》が転がっていた。『加賀屋』の周辺に人影はない。

「では、行きます」

鉄次が緊張した声で言う。

「よし」

鉄次は『加賀屋』の裏手に向かった。

火の手が上がるのを待っている太市に、見廻りの岡っ引きに見つかって十蔵とふたりでばらばらになって逃げて来たと訴えるのだ。

太市はどうするか。

いまさら計画を中止には出来まい。予定を変えて強引に『加賀屋』に押し入り、そこに火を放って盗みを実行に移す。そう睨んだ。

剣一郎は『加賀屋』の裏に近付く。何人もの頬被りをした黒装束の賊が『加賀屋』の裏口が開くのを待っている。

鉄次が黒装束の賊のひとりに駆け寄り何か言った。賊の間に動揺が広がったように思えた。

やがて、戸が開いた。すでに、京之進が下男を捕まえているはずだった。だから、戸を開けたのは町方の人間だ。

一味が中に入った。鉄次だけが残る。新兵衛が捕方同心に合図を送った。たちまち、捕方同心と捕物道具を持った捕方が裏口の周囲を固めた。

それを待って、剣一郎は裏口から『加賀屋』に入った。

と、同時に怒声が聞こえた。京之進たちが賊と対峙をしている。

「おまえたちの目論見《もくろみ》は外れた。観念せよ」

京之進が叫ぶ。

「ちくしょう。逃げろ」

叫び声と共に、賊がこぞって裏口に逃げてきた。

その前に剣一郎が立ちはだかった。

「もう逃れられぬ」

「ちくしょう」

ひとりが匕首をかざして躍りかかった。剣一郎も足を踏み出し、体を躱《かわ》しながら相手の脾腹《ひばら》に十手をたたきつけた。

ぐえっと奇妙な声を上げ、賊が前のめりに倒れる。その脇をすり抜けて逃げようとした賊の肩を後ろから激しく叩く。

悲鳴を上げて倒れ、その賊はのたうつ。

「青痣与力か」

風格のある男が匕首を構えた。

「小金井の太市か」

「そうだ。ちくしょう。邪魔をしやがって」

「じたばたしても無駄だ。諦めて、縛《ばく》に就け」

「冗談じゃねえ。捕まれば獄門だ。逃げてやるぜ。覚悟しやがれ」

太市はひょいと匕首を突き出す。匕首を引っ込めるときも素早い。さすがに匕首の扱いに年季が入っていて、無駄な動きがなく、的確に襲ってくる。

何度か太市の攻撃をかわしたあと、剣一郎は反撃に転じた。十手で、太市の手首を叩いた。

悲鳴とともに、太市は匕首を落とし、手首を押さえてうずくまった。

「おまえさん」

小柄な黒装束の賊が太市に駆け寄った。

「女か」

剣一郎はやりきれないように言った。

京之進たちのほうも片付きはじめている。

裏口から捕方が入って来て、倒れている賊を縛り上げた。

「佐久の源七はいるか」

剣一郎は、京之進が縛り上げた賊に声をかけた。

後ろ手に縛られた小肥《こぶと》りの男が、

「俺だ」

と、名乗り出た。

「なるほど、そなたが佐久の源七か。小金井の太市の兄弟分か」

「ちっ。太市に誘われたらこのざまだ」

源七が口元を歪めた。

「そなたにはまだ他に子分がいるのか。いるなら、喋《しゃべ》ってもらう」

不貞腐《ふてくさ》れたように源七は横を向いた。

賊が数珠《じゅず》つなぎになって外に連れ出された。

「京之進、ご苦労だった」

「いえ、青柳さまのおかげ」

「いや。手柄は鉄次だ」

剣一郎は言い、鉄次を呼び寄せた。

「京之進。この鉄次の力が大きい。やむなく一味に加わっただけだ。よく、考慮してもらいたい」

「承知しました」

そこに、『加賀屋』の主人が出てきた。

「青柳さま。このたびは危ういところを助けていただきありがとうございました。植村さまから伺いましたが、火を放って金を奪う賊とか。考えただけでもおぞましい限りでございます」

「ここにいる鉄次の手柄だ」

剣一郎は『加賀屋』の主人にも鉄次の話をした。

「さようでございますか。佐渡金山で」

加賀屋は剣一郎と鉄次の顔を交互に見て、

「もし、私でお力になれることがあれば、なんでもさせてください」

と、口にした。

「加賀屋。この男は信用出来る。何か、仕事の世話をしてもらえたらありがたい」

「お安いごようでございます。鉄次さん。私にお任せください」

加賀屋が鉄次に言う。

「もったいないお話でございます。でも、私は江戸追放の身。江戸には住めません」

「何も江戸でなくても。私どもの本店のある加賀でも」

「ありがとうございます。でも、私はやはり……」

「まさか、生きる望みがないとでも言うのではあるまいな」

剣一郎は笑いながら言う。

「へえ、じつは情けない話でございますが……」

「鉄次」

剣一郎は鉄次の言葉を制した。

「言い忘れていたが、おきみは見つかった」

「えっ？」

鉄次はきょとんとした顔をしている。

「そなたの許嫁のおきみは、いま本所亀沢町の伊兵衛店で、そなたを待っている」

「まさか……。嘘でございましょう。そんなことがあり得るわけがありません」

鉄次は体をわななかせた。

「弥八だ」

「弥八さん？」

「そうだ。弥八が探し出した」

「ほんとうでございますか。ほんとうにおきみが見つかったのですか」

「うむ。鉄次、このたびの件ではいろいろ訊《たず》ねなければならぬことがある。すぐには長屋には帰れぬが、そなたのことはおきみにも告げておく」

「はい、ありがとうございます」

鉄次は泣き声で礼を言った。

「では、京之進、頼む」

「はっ」

京之進は鉄次に向かい、

「さあ、行こうか」

と、大番屋へ誘った。

相変わらず、強風が吹きつけ、肌を刺すような冷気に包まれているが、不思議なことに寒さは感じなかった。

翌日、剣一郎は出仕するや、すぐに宇野清左衛門とふたりきりになった。

「青柳どの。ごくろうであった。昨夜遅く、作田新兵衛が知らせに来てくれた。一つ間違えれば、たいへんな惨事になっていたやもしれぬ。いつもながら、よくやった」

「いえ、私の力ではなく。鉄次という男の勇気でございます。この手柄に免じ、ぜひ寛大なご処分をお願いしとうございます」

剣一郎は否定し、改めて鉄次のことを頼んだ。

「そのことは心配ない。ご詮議は橋尾左門と剣之助が行なうことになろう。そのあたりのことは十分に承知しておるはずだ」

吟味与力の見習いとして、剣之助は橋尾左門についている。

「ありがとうございます」

「それから、佐渡金山に絡む不正については、ご老中より佐渡奉行を通して関係各所に厳重注意を呼びかけ、不正防止のための監視を強化するように命令がくだされた」

「そうですか。安堵いたしました」

「山吹吉五郎から隠居の申し出があった。ともかく、誰もが傷つかぬ形でことを収めることが出来、祝着だ。これも青柳どののおかげ」

「とんでもない。宇野さまの支えがあってのこと」

「いや、わしは何もしておらぬ。まあ、なにはともあれ、めでたし、めでたしだ」

清左衛門にしては珍しく浮かれていた。

それから数日後、佐渡から早飛脚が届いたと『赤木屋』の光右衛門が知らせにやってきた。

その知らせを受けて、剣一郎は神田多町一丁目にある『福田屋』に弥八を訪ねた。

卯平が店番をしていた。

「これは青柳さま」

「弥八はいるか」

「いま、得意先の挨拶廻りに行っております。じきに戻ってくるはずですが」

「一生懸命やっているようだな」

「はい。張り切っています。まだ先の話のようですが、嫁にしたい女がいるようでして」

卯平は目を細めた。

「まだ先の話？　そうか」

ひょっとして、おはるという女ではないかと、剣一郎は思った。

「あっ、帰って来ました」

振り返ると、弥八が駆け寄って来た。

「青柳さま」

「頑張っているようだな」

「はい」

「時助が佐渡を出たそうだ」

「ほんとうですか。青柳さま、ありがとうございます。なんと感謝を申し上げてよいかわかりません」

弥八は深々と腰を折った。

「青柳さま。時助さんも落ち着くまでうちにいてもらいます」

卯平が口をはさんだ。

「そうか、それはよかった」

「卯平さん。すみません」

弥八は卯平にも頭を下げ、

「なんだか、佐渡金山での地獄の暮らしにおつりがくるような仕合わせでございます」

「もうひとつ、明日、鉄次にお裁きが下る。薬種屋『金峰堂』に押し入った罪は罪で、江戸追放となるはずだ」

「江戸追放？」

弥八は顔色を変えた。

「うむ。強引に鉄次を無罪放免に持っていくことも出来たかもしれぬが、そこまでしたら、おかみの示しがつかなくなってしまう。あえて、鉄次にも罪を科すことにした」

「はい」

「だが、心配いたすな。鉄次は加賀の金沢《かなざわ》に行くことになっている。『加賀屋』の本店で雇《やと》い入れてくれる。おきみもいっしょに行く」

「ほんとうなんですか」

「ああ。おきみにも話を通してある」

「そうですかえ。そいつはよかった」

「では、明日、南町奉行所前に」

そう言い、剣一郎は弥八と卯平に別れを告げた。


その夜、夕餉のあと、剣一郎は剣之助を部屋に呼んだ。

「剣之助、鉄次の詮議、いろいろご苦労であった」

見習いとはいえ、吟味与力の橋尾左門といっしょに詮議に加わったのだ。

「いえ」

剣之助は首を横に振ってから、

「鉄次さんの件、これでよかったのでしょうか。思い切って無罪にしてやればよかったのではないかと」

「いや。わしも当初はそのつもりでいた。しかし、詮議に口出ししてはならぬと思いなおし、一切を左門に任せた。左門の詮議はまっとうであった。十分におかみの恩情も加味され、いい裁きだ」

『金峰堂』にいっしょに押し入った小金井の太市、十蔵、利助らにしたら、鉄次ひとりが無罪放免になるのは納得いかないはずだ。

「それをお伺いして安堵しました。父上、それから、ついでにお訊ねしたきことがございます」

「なんだ？」

「佐渡金山に絡む不正の件です。かなり大がかりな不正が行なわれており、その証拠もありました。なのに、なぜこのような形で矛《ほこ》をお納めになられたのでしょうか」

剣之助はまっすぐ見つめてきく。

「ひとの命を救うこと。それだけだ」

「時助という男ですね」

「うむ。時助は遠い佐渡だ。すぐには助けに行けぬところにいる時助を助けるためにはあのようなやり方しかなかった。もし、あのとき、山吹どのをはじめ、赤木屋光右衛門らを捕縛したら、必ずや時助は殺されたろう」

「たとえ、無宿人であっても助けるべきだと？」

「そうだ。無宿人であろうが誰だろうがひとの命の重さに変わりはない。それに、時助は弥八が命をかけて守ろうとした男だ。それだけのものが、時助にはあるということだ」

「はい」

「それから、山吹どのも赤木屋光右衛門も死なせたくはなかった。不正を追及していけば、山吹どのは腹を切るだろう。幸山宅次郎も切腹して果てる。そういうことは目に見えていた」

剣一郎は厳しい口調で続けた。

「他にも何人か腹を切る者が出てこよう。しかし、真の首謀者までは行き着かない。トカゲの尻尾《しっぽ》切りで幕引きを図られるのがおちだ。こういう大がかりな事件ではいつも下の方だけが犠牲になる。そのことを避けたかったのだ。ひとを殺すのではなく生かす。それを心がけた」

幸山宅次郎も山吹吉五郎と同様に子息に家督を譲り、隠居したのである。

「父上、よくわかりました。父上の教えをよく守り、ひとの痛みのわかる吟味与力になるよう精進いたします」

「うむ」

剣一郎はたのもしく伜剣之助を見つめていた。

翌日の昼前。底冷えのする日だ。ふと気がつくと、白いものが舞いはじめていた。

今年は雪が多い。

南町奉行所の前に弥八とおきみ、それに長屋の大家が待っていた。

やがて、潜り戸が開き、同心たちに連れられて、俯き加減に鉄次が出て来た。おきみが軽く声を上げたようだ。

立ち並んだ同心たちの前に跪いて、鉄次は追放を言い渡されたのだ。

鉄次は立ち上がり、同心たちに頭を下げ、その場から下がった。鉄次が解き放ちになって、弥八とおきみが駆け寄った。

その光景を、門のそばから剣一郎は見ていた。

剣一郎の脇に、『加賀屋』の主人がいた。金沢の本店にはすでに話を通してあるという。これから、鉄次とおきみは金沢に向かって旅立つのだ。

「いろいろ、骨を折らした」

「とんでもない。危ういところを助けていただいたのですから、当然です。本店の主人である私の兄もたいそう喜んでおりました」

ふと、弥八が剣一郎に気づいた。軽く会釈をしてから、抱き合っている鉄次とおきみに声をかけた。

ふたりがこっちを見て、深々と頭を下げてから近付いてきた。

「鉄次、おきみ。これから新天地でつらいこともあろうが頑張るのだ」

「はい。幸か不幸か佐渡金山で鍛《きた》えられました。きっとこのご恩に報《むく》いるように頑張ります。それに、あっしにはおきみがついてくれていますから」

「青柳さま。ほんとうに夢のようでございます。何とお礼を申してよいかわかりません」

おきみが言う。

「ふたりで仕合わせになるのだ」

「はい」

「鉄次さん、おきみさん。金沢の『加賀屋』はおふたりを待っていますよ」

「旦那。ありがとうございました」

雪が激しくなってきた。

「あいにくの雪だな」

剣一郎が呟く。

「今まで、雪が嫌いでした。佐渡金山の冬を思いだして。でも、新しい門出《かどで》のこの雪はあっしには生涯忘れられないものになりそうです」

「そうか。これから雪を見るたびにきょうの日を思いだすことであろう」

「はい」

「では、達者でな」

「はい。青柳さまも」

おきみと鉄次が腰を折った。

「途中まで送って行くのか」

剣一郎は弥八に声をかけた。

「はい。鉄次の旅支度を持っております。品川《しながわ》宿まで送ってこようかと思っています」

弥八が答えた。

「では」

三人は数寄屋橋御門に向かった。雪は激しかったが、三人の姿は降りしきる雪の中でもいつまでも視界から消えることはなかった。

まよい雪

一〇〇字書評

切り取り線

購買動機（新聞、雑誌名を記入するか、あるいは○をつけてください）

□（　　　　　　　　　　）の広告を見て	
□（　　　　　　　　　　）の書評を見て	
□ 知人のすすめで	□ タイトルに惹かれて
□ カバーが良かったから	□ 内容が面白そうだから
□ 好きな作家だから	□ 好きな分野の本だから

・最近、最も感銘を受けた作品名をお書き下さい

・あなたのお好きな作家名をお書き下さい

・その他、ご要望がありましたらお書き下さい

住所	〒				
氏名		職業		年齢	
Eメール	※携帯には配信できません	新刊情報等のメール配信を 希望する・しない			

この本の感想を、編集部までお寄せいただけたらありがたく存じます。今後の企画の参考にさせていただきます。Eメールでも結構です。

いただいた「一〇〇字書評」は、新聞・雑誌等に紹介させていただくことがあります。その場合はお礼として特製図書カードを差し上げます。

前ページの原稿用紙に書評をお書きの上、切り取り、左記までお送り下さい。宛先の住所は不要です。

なお、ご記入いただいたお名前、ご住所等は、書評紹介の事前了解、謝礼のお届けのためだけに利用し、そのほかの目的のために利用することはありません。

〒一〇一－八七〇一
祥伝社文庫編集長　坂口芳和
電話　〇三（三二六五）二〇八〇

祥伝社ホームページの「ブックレビュー」からも、書き込めます。

http://www.shodensha.co.jp/bookreview/

祥伝社文庫

まよい雪《ゆき》　風烈廻《ふうれつまわ》り与力《よりき》・青柳剣一郎《あおやぎけんいちろう》

平成26年12月20日　初版第1刷発行

著　者　小杉健治《こすぎけんじ》
発行者　竹内和芳
発行所　祥伝社《しょうでんしゃ》
東京都千代田区神田神保町3-3
〒101-8701
電話　03（3265）2081（販売部）
電話　03（3265）2080（編集部）
電話　03（3265）3622（業務部）
http://www.shodensha.co.jp/

印刷所　堀内印刷
製本所　ナショナル製本
カバーフォーマットデザイン　中原達治

Printed in Japan ©2014, Kenji Kosugi　ISBN978-4-396-34084-1 C0193

祥伝社文庫の好評既刊

小杉健治

袈裟《けさ》斬り 風烈廻り与力・青柳剣一郎⑯

立て籠《こ》もった男を袈裟《けさ》懸《が》けに斬り捨てた謎の旗本。一躍有名になったその男の正体を、剣一郎が暴く!

小杉健治

仇返《あだがえ》し 風烈廻り与力・青柳剣一郎⑰

付け火の真相を追う父・剣一郎と、二年ぶりに江戸に帰還する悴・剣之助。それぞれに迫る危機!

小杉健治

春嵐《しゅんらん》(上) 風烈廻り与力・青柳剣一郎⑱

不可解な無礼討ち事件をきっかけに連鎖する事件。剣一郎は、与力の矜持《きょうじ》と正義を賭け、黒幕の正体を炙《あぶ》り出す!

小杉健治

春嵐(下) 風烈廻り与力・青柳剣一郎⑲

事件は福井藩の陰謀を孕《はら》み、南町奉行所をも揺るがす一大事に! 巨悪に立ち向かう剣一郎の裁きやいかに?

小杉健治

夏炎《かえん》 風烈廻り与力・青柳剣一郎⑳

残暑の中、市中で起こった大火。その影には弱き者たちを陥《おとし》れんとする悪人の思惑が……。剣一郎、執念の探索行!

小杉健治

秋雷《しゅうらい》 風烈廻り与力・青柳剣一郎㉑

秋雨の江戸で、屈強な男が針一本で次々と殺される……。見えざる下手人の正体とは? 剣一郎の眼力が冴える!

祥伝社文庫の好評既刊

小杉健治
冬波《とうは》 風烈廻り与力・青柳剣一郎㉒
下手人は何を守ろうとしたのか？ 事件の真実に近づく苦しみを知った息子に、父・剣一郎は何を告げるのか？

小杉健治
朱刃《しゅじん》 風烈廻り与力・青柳剣一郎㉓
殺しや火付けも厭わぬ凶行を繰り返す、朱雀太郎。その秘密に迫った青柳父子の前に、思いがけない強敵が――。

小杉健治
白牙《びゃくが》 風烈廻り与力・青柳剣一郎㉔
蠟燭《ろうそく》問屋殺しの疑いがかけられた男。だがそこには驚くべき奸計が……。青柳父子は守るべき者を守りきれるのか⁉

小杉健治
黒猿《くろましら》 風烈廻り与力・青柳剣一郎㉕
倅・剣之助が無罪と解き放った男に新たに付け火の容疑が。与力の誇りをかけて、父・剣一郎が真実に迫る！

小杉健治
青不動 風烈廻り与力・青柳剣一郎㉖
札差の妻の切なる想いに応え、探索に乗り出す剣一郎。しかし、それを阻むように息つく暇もなく刺客が現れる！

小杉健治
花さがし 風烈廻り与力・青柳剣一郎㉗
少女を庇《かば》い、記憶を失った男に迫る怪しき影。男が見つめていた藤の花に秘められた想いとは……剣一郎奔走す！

祥伝社文庫の好評既刊

小杉健治　人待ち月　風烈廻り与力・青柳剣一郎㉘

二十六夜待ちに姿を消した姉を待ち続ける妹。家族の悲哀を背負い、行方を追う剣一郎が突き止めた真実とは!?

葉室　麟　蜩ノ記　ひぐらしのき

命を区切られたとき、人は何を思い、いかに生きるのか？　映画化決定！（二〇一四年十月四日　全国東宝系ロードショー）

風野真知雄　喧嘩旗本　勝小吉事件帖　新装版

勝海舟《かつかいしゅう》の父で、本所一の無頼・小吉が、積年の悪行で幽閉された座敷牢の中から、江戸の怪事件の謎を解く！

風野真知雄　どうせおいらは座敷牢　喧嘩旗本　勝小吉事件帖

本所一の無頼でありながら、座敷牢の中から難問奇問を解決！　時代小説で唯一の安楽椅子探偵・勝小吉が大活躍。

風野真知雄　当たらぬが八卦　占い同心　鬼堂民斎①

易者・鬼堂民斎の正体は、南町奉行所の隠密同心。恋の悩みも悪巧《だく》みも一件落着！　を目指すのだが――。

風野真知雄　女難の相あり　占い同心　鬼堂民斎②

鬼堂民斎は愕然とした。自分の顔に女難の相が！　さらに客にもはっきりとそれを観た。女の呪いなのか――!?